ただごと歌百十首

奥村晃作のうた

六花書林

今井 聡
Imai Satoshi

ただごと歌百十首＊目次

装幀　真田幸治

ただごと歌百十首

奥村晃作のうた

1　くろがねに光れる胸の厚くして鏡の中のわれを憎めり　　『三齢幼虫』

第一歌集『三齢幼虫』（白玉書房）の巻頭歌。編年体で「午前の茶房　一九六一―一九六五二十五歳―二十九歳」とあるなかから、奥村晃作二十代、その後半に当たっての一首。年譜によれば、ちょうど二十五歳の折に「コスモス」入会、宮柊二に師事している。

奥村は当初、小説評論に鋭意を込めており、一九六九（昭和四十四）年には「群像」新人文学賞に初応募し、「大江健三郎論」が七篇に残っている。その評論において培った、いわば「叙述の力」述べ・綴る力が、この一首のなかにも駆使されている。

歌のつくりとしては、一首、頭から詠み下ろす形で、三句目「厚くして」というところ、一首のうちの叙情性を秘めたなかに、述べる文体がオートマティックに差しはさまれているのが印象的。ここから長い年月を経て、奥村はこの「述べたおす」文体を駆使して、現代ただごと歌の確立に挑んでいくことになるが、ここではまだ萌芽がみられるに過ぎない。

憎む対象の「くろがねに光る」「厚き胸」だが、なぜ奥村は鏡の中のわれを「憎む」のであろう。それはその屈強な若い体が「厚くして」何かをへだててしまっている、そこに秘められた「こころ」の質を問うているものと、私には受け取れる。「こころ」自分の「心情」に届きたい、でもそこには若い肉体が阻んでいる。故に、奥村は鏡の中の自分を憎んでいる。

即ち、「心と体との乖離」であり、「こころ」「情《こころ》」というものを再び取り戻そうとする青年の、抗いのうたであり、遅れてきた青春の、モニュメンタルな一首となり得ている。

2 ラッシュアワー終りし駅のホームにて黄なる丸薬踏まれずにある

『三齢幼虫』

「男の眼　一九六六―一九七〇　三十歳―三十四歳」のなかから一首。ラッシュアワーの歌。奥村は一九六二年に三井物産に入社、翌年依願退職をし、教員免許取得のため、東大に学士入学、一九六五年、芝学園に社会科教諭として勤務することになる。全ては「歌の道」に専念したい、その時間を捻出したいとの思いから来たものと、後にして私は奥村本人から聞いた。勤め人としての通勤風景を奥村はこの歌集でも、第二歌集『鬱と空』でも取り上げている。なかでも有名な一首としては〈もし豚をかくの如くに詰め込みて電車走らば非難起こるべし〉(『鬱と空』)といった痛烈なものもあるが、この一首のころはより、センシティブな感性、奥村の繊細な一面というものを垣間見させる表現となっている。

まず、上の句だが、「ラッシュアワー／終りし駅の／ホームにて」と、虚飾を排したような、脱力感をも感じさせる緩慢な詠みかた、ホームに佇む、一種異様な鎮まりと緊張感との併存を感じさせるのであるが、下の句の凝縮された表現の斡旋が、すでにこの時期の奥村の表現者としての、一つの達成を思わせる、無駄のない形となっている。助詞の「に」を挟んで「なる」「ある」のつながりと、それによる歌の形の安定感。緩慢な歌のはじまりが、ここに来て、加速を遂げるような、この緩急、伸び縮みの妙というのも、奥村短歌の技の一つとして挙げたい。「叙述のうた」「緩急のうた」。

「黄なる丸薬」の「黄」という色について、初学の頃わたしが、これはひとつの「エマージェンシー」を示す黄色だと述べたところ、奥村は静かにほほ笑むのみだったが、どうなのだろう。丸薬というところ、奥村の長年の趣味である碁の石をも思わせて、一種ユーモラスなところもある。

3　抑へても抑へても激つ火の海を裡に抱へて生活者われ　『三齢幼虫』

前掲出歌と同じく「男の眼　三十歳―三十四歳」から。この歌集の一つの特色として「こころ」「情《こころ》」というものを挙げたが、当時の奥村の苦しみ、それは元より「激ち」を抱えた者の苦しみでもあった。この歌のみならず、繰り返し繰り返し、自らの激しき性《さが》に苦しむ、壮年期の奥村の姿が、ある種赤裸々に綴られている。例えば、左記のような歌群である。

眼の縁が鏡のやうにこはばりて一日過ぐるか鎮まりて来よ

ぐらぐらと揺れて頭蓋がはづれたりわれの内側ばかり見てゐて

わたくしはここにゐますと叫ばねばずるずるずるずるおち行くおもひ

三首目の歌など、表記はユーモラスなようで一種異様な迫力を感じさせる歌である。しかしこれら歌群と比べても、掲出歌は作品としての構成力に秀でている。「抑へても抑へても」のリフレインと、呼応するように対置された「抱へて」の「へて」。二句「抑へても／激つ」、四句「裡に／抱へて」の「四・三／三・四」の対置、三句目の五音を活かしつつ結句を「生活者／われ」と「五・二」そして終りを「われ」という、強い自負を打ち出したところ。後年の奥村ならさながら「ピシリと決まった」と述べるであろう一首である。

三句目「火の海」という、いささかヒロイックな言葉の斡旋に、私はふと、奥村の師である宮柊二の『群鶏』の「悲歌」一連の世界を垣間見るような気もする。例えば次のような歌、

憤怒《いきどほり》おほふすべなし故郷《くに》ざかる相模の小野《をぬ》に炎《ひ》に囲まれつ　宮柊二『群鶏』

みぞれ暗く降りこむ海の浪のまにしばし白くて襲《おすひ》はありし

そして当時の前衛短歌の言葉の斡旋にも同時代的に奥村は影響を受けていたのではなかろう

か。しかし、結句に現れた「生活者われ」、奥村はそこでヒロイックに酔うことはなく、生活者としての視点に着地する。

4　縄跳びを教へんと子等を集め来て最も高く跳びをり妻が　『三齢幼虫』

奥村短歌を支える重要な主題として、家族の歌というのは忘れることの出来ない要素である。すなわち慶子夫人（歌人としての名は佐藤慶子）なくして、奥村晃作なし。奥村の結婚の年は一九六三（昭和三十八）年「コスモス」入会後二年目のことであり、慶子夫人は奥村より少し前に入会済み、奥村は入会するとすぐに学生を集めて「グループ・ケイオス」を結成するが、その仲間に彼女も入っていた。なお、この結婚を遂げたのは十月、三井物産を依願退職したのは七月であるから、奥村本人はともかくとして、夫人のご苦労がしのばれる。

歌に戻ろう。「縄跳び」という括りが初句から出てきて、それを教えようと子供らを集める、この辺りからじわじわとしたおかしさ、段取りの妙を感じさせるのだが、「これから面白い歌を詠みますよ」といった計らいは感じられず、淡々とした、平べったい描写である。そして結句への、畳みかけるような展開に繋がっていく。ここにも「緩急のリズム」が働いているのである。
「最も高く」というところは、気づきの歌であろう。「跳びをり」まで来て奥村本人が跳んだのかというと、終りに「妻が」と来る。この「妻が」には様々な「不思議」を感じている奥村の姿が思い浮かぶ。呆れでもなく、その妻のひたむきな様子、或いは女性なるものの不可思議さエトセトラエトセトラ。この歌集にある夫人の歌としては、他にも沁み入る歌がある。

洗濯もの幾さを干して掃除してごみ捨てて来て怒りたり妻が

要は奥村本人はそれを妻に一切任せている。それは怒る筈である、でもそれも不思議とも奥村は見ている。

魂を注ぎ込み浩子育てにし妻の歳月われのみが知る

力強い「われのみが」の自負。随分なエゴイズムの発露のようにも見えるが、一首の言葉遣いの細やかさを丹念に追っていくと、奥村の、夫人に対する感謝と言い尽くせぬ思いが伝わって来る。

5　次々に走り過ぎ行く自動車の運転する人みな前を向く　『三齢幼虫』

「東京の空」（一九七七　四十一歳）の作品群からの一首。「年末年始」という一連、「正月四日小和田海岸にて」とある。小和田海岸は茅ヶ崎市、沖合には「姥島（烏帽子岩）」が見える。茅ヶ崎市というのは慶子夫人の実家のある土地、そこでひとときを過ごしての光景を詠まれた、どちらかというとさりげなく置かれた一首。

　これをどう読むのか、というより自動車に関する奥村の視線・視点から考えてみたい。奥村家は自動車を持たない。奥村は常日頃自動車を運転している訳ではない。奥村は自動車というものを、いかなる視線でみているのか。第二歌集『鬱と空』には次の一首がある。

　　犬とわが懸命に走る路の上自転車が行く自動車が行く

　その対比、あるいはヒエラルキーのようなものか。また、第三歌集『鴇色の足』にはこうある。

　　自動車と呼ぶ金属の函の中にんげん一人黙して座る

　　巨きなる帚の先で自動車を掃き集め海に捨てて来しゆめ

　この一首、一見すると、おもしろ歌、ただごと歌の萌芽で済まされそうな一首なのであるが、それだけでもあるまい。自動車に示される「テクノロジー・人為なるもの」との絡みで、人間もまた「自動的《オートマティック》」な振る舞いをなす、その一面を捉えている。或いはその、社会的・人間的規制の内側にあって、却ってひらめくような「ワイルドネス（本能）」といったものの光・力動というものを、奥村ただごと歌は常に掲出し、あぶり出している。私にはそう思える。

6　掌《て》の芯にずしりとひびく軟球を手に持ちかへて子に投げ返す　『鬱と空』

ここより第二歌集『鬱と空』（石川書房）からの歌になる。一九七八年から一九八一年の作品を収めている。昭和五十三年から五十六年。奥村四十二歳から四十五歳までの四百七十七首。そのなかの「剛」という一連から。剛《こう》氏は奥村家の長男。一連には次のような歌が並ぶ。

稚かる顔して剛は夢中なり反射望遠鏡買ひ与ふべし
おしのごと静けくなりて自《し》が室に半日こもる子を覗き見ぬ

私も一九七四年生まれ、七〇年代の匂いを濃厚にまとって生きてきたように思う。第二次ベビーブームの終わりに私は生まれた。父親の年齢が丁度、慶子夫人と同年。ファミリーコンピューターが現れたのが、小学校四年かそこら。それまでは元気に野原を駆け回り、また、野球・サッカーと遊んだ。恵まれた少年期だったように思う。

そこで、掲出歌につき私が思い出したのは、私自身がこうして、父親とキャッチボールをした記憶が、残っているからである。何故だろう、その頃の父親というものは、息子とキャッチボールをするのが、コミュニケーションの一つとしてあったのか。一首のうちの言葉の斡旋など、奥村の「現代ただごと歌」の第一のエポックはこの次の歌集『鴇色の足』かと思うが、私は今でもそこに至る、充実のこの第二歌集を愛してやまない。「芯」「ずしりと」「ひびく」「持ちかへて」「投げ返す」ここには中年期にさしかかり、働き盛りを迎えんとする、奥村の血の力、脂《あぶら》というか、力のみなぎりを思うのである。読み過ごしてしまいそうな一首だが、鈍い、でも容易に消えてしまわぬ光を放っている。

7 ヤクルトのプラスチックの容器ゆゑ水にまじらず海面《うなも》をゆくか 『鬱と空』

一九七八（昭和五十三）年の作から。『三齢幼虫』の「黄なる丸薬」の歌といい、この歌といい、極めて具体的な状況、些事を捉えておりながら、規定の細かさ故、却って実景から遠ざかる、それは作者の「心象」をそのまま、重ねたものではないかという推察も生まれてこよう。この『鬱と空』という歌集は、「現代ただごと歌」その成立の萌芽として、「主観」を、そぎ落とす過程にあったという風にもみてとれる。「情《こころ》」を、より構築されたもの、更に原初へと、遡上していく。

この一首、一旦「ゆゑ」とはっきりした表示をしている。はっきりしているのは、「ヤクルトの」「プラスチックの容器」であること、これははっきりしている。しかし結句「か」という、疑問形で終る。この不確定要素は①プラスチックだから水にまじらないで海を行くのか、というのが直接の疑問だが、結句のみ見ていると不思議な気持ちにさせられる。即ち②この海面を行く、ヤクルトの、プラスチックの容器というのは、一体なんなんだ、という、実存めいた疑問である。

そこで「情《こころ》の遡上」というものと、海へ「放出」されていく、二つのベクトルの交差が見られる。奥村短歌というものの不思議さはこうしたところで、こころの希求と、他方で大づかみに野放図な「モノ」がモノとして解放されていくところ、両者の行き違い、矛盾が定型のなかに押し詰められているところにある。この一首は、奥村の美意識というか、奥村流の、美の一首ではなかろうか。

8　舟虫の無数の足が一斉にうごきて舟虫のからだを運ぶ　『鬱と空』

尾鷲を訪れた際の一首。といっても、この歌の背景としてはそうだが、一首の感想に新たな何かを付け加えるまでもない。そこには観察があり、認識がある。徹底して「見る人」の奥村がある。しかしながら、その「厳密性」にも自ずと限界はある。そこに概念のことばというものが入ってくる。「無数の」「一斉に」といった言葉である。このどこか大げさな二語が、一首のなかに収まると、一首の微妙な緊張感とともに、不思議な収まりを見せるのである。

次の一首でも述べるが、奥村は「過剰なもの」「生の過剰性」を意識している。前掲の歌で述べたように人間の、現代社会においては隠された「本能」「ワイルドネス」の噴出する瞬間、そこに奥村の視線は引きつけられる。そして、自然物を見る時も、ある種の過剰性、突出性、そうした素材に引きつけられる。思えば、舟虫というのは、何故かくも「無数の足」がついているのか。まさしく「動き、逃げる」為、その機能に特化した形ではあるまいか。それが「一斉に」動く。

人というものは誰しも、過剰性を抱えながら、なんとかやり繰りして生きている、と思うが、そこへの拘り（それも「過剰性」）そこに満足してしまわない。奥村の短歌に見られるその「反復性」に私は着目する。先にも述べたようにこの一首は「無数の」「一斉に」という語が入っている関係から、四句が九音という、字余り感のある構成になっている。この、不器用さも相まって、一首を忘れがたくする。

9　真面目過ぎる「過ぎる」部分が駄目ならむ真面目自体《そのもの》はそれで佳しとして

『鬱と空』

不思議な歌である。まず真面目過ぎる、とある。これまで奥村の歌を読んできた身としてはよく分かる、と思う。だが、次に「過ぎる」部分、と来る。いわば「過剰」ということだが、こんな風に、刺身のサクのように扱ってもよいものか、こころをと、読者は戸惑う。これを読んでみても、奥村は「イデア」の人だ。アリストテレスではなく、プラトン。純然たるなにかを求めて止まない。

自体と書いて「そのもの」と読ませるのもそこで、純然たる何か、イデアを想定してやまない。真面目という、なにかがある、中身はなにか、分からない。真面目とは、なんなのか。奥村は歌に真面目だ、そうだろう、だが、ひとりの働き手として、父親として、夫として、それぞれの立場において、十全に真面目であったと言えるか、などと考えると、分かるようで分からない。私も真面目な人間なのだ、そういう人間の「生きづらさ」というものは、伝わって来る。これは、奥村晃作の「反省の一首」なのだろう。自らの、うんざりするほどの過剰性、たかぶって、周りを巻き込んで止まない、デーモニッシュともいえる何か。

奥村の短歌論の変遷について、奥村は一時自らの短歌の理想を「イデア短歌」と呼んでいたことがある。「情《こころ》の短歌」そして「イデア短歌」奥村短歌を知るうえでのワードの一つ。

10　フラミンゴ一本の脚で佇ちてをり一本の脚は腹に埋めて　『鬱と空』

奥村は鳥のうたをよく詠む。近年の歌集は特にそうで、板橋区と練馬区にまたがる光が丘公園の「バードサンクチュアリ」などに水鳥をよく見に行き、大量のうたを詠む。奥村は観察のひとである。私にもよく「自分は実際にものを見ないと詠めない」と語っていた。さて、この一首。フラミンゴの立っているさまを詠んだものだが、なかなかどうして、ここまでの簡略化をして詠むのは、むつかしい。この一首をものした時、奥村のなかにもなにか「手ごたえ」があったのではなかろうか。奥村の「現代ただごと歌」が成るには、「情《こころ》のうた」と言い「イデア短歌」とも言ったが、そのベースとなるのは、徹底的な観察と描写、あとは、天啓的ともいえる「ひらめき」。

歌のかたちについて、すこし触れると、二句、四句の「一本の脚で」「一本の脚は」のリフレイン構造。初句が「フラミンゴ」のみの五音というのも潔い。大体こうした歌は、潔く、ばっさりと簡略化が出来ないと、なかなか決まらぬ。

そして、結句の「腹に」という、ここが描写の「効きどころ」である。簡にして要を得ている。しかし、フラミンゴ打法といい、ピンク・レディーといい、この頃（昭和五十五年）はフラミンゴがまだ、物珍しかったのかもしれぬ。ヨーロッパフラミンゴの人工繁殖に成功したのは昭和五十二年、神戸市立王子動物園が初めてと、これはトリビアであるが。

11 地響《ちひびき》を上げつつデモの河が行く広き車道の半ばを占めて

『鬱と空』

昭和五十五年「デモの河」の一連から。同一連に、

部落解放希ふ人らが新しき黄のゼッケンを皆背に負へり

「部落解放同盟」の字をば黒く抜く黄のゼッケンを背に持つ人ら

とあるから、これはそうした一連のデモを描いた歌である。部落解放という、重いテーマを、叙述の平明さ、かつ的確に詠み切っている。初期奥村作品の特徴とは、社会詠、社会意識にもあろう。部落解放の運動については、一九六九（昭和四十四）年同和対策事業特別措置法が制定され、生活環境の改善等に努めてはいたが、二〇〇二（平成十四）年には失効、二〇一六（平成二十八）年に至って、部落差別解消推進法が制定された（同法は罰則を伴わない理念法）。

この一首、是とも非とも、甘い感傷にも浸らない。強い、悲しみ、憤り、その他にんげんの、もろもろの、業《ごう》とも言えるものの流れ、河を詠んでいる。これは奥村にしては珍しい比喩の歌であるが、その直接的なもの言いが、喩と感じさせない力を持っている。奥村の持つ「激《たぎ》ち」

というものが、歌の素材と相まって、響き合い、悲しくもここに、印象深い一首を生み出している。

12　中年のハゲの男が立ち上がり大太鼓打つ体力で打つ

『鬱と空』

一読あっけに取られる歌でもある。これを読んでどう反応したら良いのか。作品に倫理を求める方々は、絶句されるかもしれない。「ハゲ」というのも、今の時代にしてみれば、いかにもまずい。これは「昭和五十六年」の歌ではあるが。あまりにはっきりと描写されているがゆえに、かえってシュールなおかしみを誘うというのは、奥村短歌のいつもの流れではある。この一首、私はてっきり、和太鼓の人なのだろうと思い、奥村とコンサートに行った際に（たしか、或る交響楽団の東京公演）訊いてみたところ、「いや、違う、あれはティンパニーだよ」と語られて、驚いたのを覚えている。即ち、あの「立ち上がり」とは、ティンパニー奏者が「出番」までずっと座っていて、叩くときに立ち上がる、それを描写したのだ。

ならば「大太鼓」ではなく「ティンパニー打つ」ではないか、とも思うが、不思議に、それだとまるでつまらない歌になる。即ち「大太鼓」「おおだいこ」という音や、その「大」といった字の据わりが面白いのだろう。この一首、奥村はいつも「今井聡君が好きな一首」として挙げられるのだが（そしてその通りでもあるが）、何となく一言挟みたくもなる。でも、ここであえて、あられもない方向に踏み込むのも奥村短歌と思い、挙げておく。

13　豚の骨忽ち砕く鋭き歯もてわが手の甲を軽く噛む犬　『鬱と空』

昭和五十六年「鋭き歯」という一連から。奥村家の犬はプッキーという。長男の剛氏がこいぬ座のアルファ星、プロキオンから名付けられたとか（そのことも歌に詠まれている）。一連には次のような歌が並ぶ、どれもいきいきとしていて、印象深い。

金槌で打ちても折れぬ剛骨《こはぼね》を噛み砕き内《なか》の肉を食ふ犬

鳥が鳴く如き奇妙の声立てて犬は好物の豚の骨を乞ふ

奥村の「現代ただごと歌」の出立として、人の世において、忘れられがちな人の「ワイルドネス」「本能」のきらめく瞬間、些事であれなんであれ、そこを活写するということを幾度か指摘したが、犬、という素材は、まことそれに沿ったもの、この時期の奥村を宥め、振り回し、歌をつくらせ、プッキーは大恩人（大恩犬、と言おうか）であった。プッキーについては、奥村の第四歌集『父さんのうた』にて、また取り上げることがあろう。そこにはプッキーの挽歌がある。奥村短歌のフェアネス、生きとし生けるものを公平にみる、独特の視線というものは、ワイルドネスという支えがあり、かつ、それを様々な生き物、犬や水鳥といった素材、舟虫も、それらを観察し、学ぶことで育まれてきたと言える。この歌集の、プッキーを取り上げた歌を、もう少し挙げておこう。

犬用のシャンプー凄し犬が持つけものの臭忽ち消しぬ

肉のごとき薄き舌もて濡れし毛を舐めて乾かす犬のふるまひ

路角の出合頭にプッキーが秋田犬と狂ひ妻転倒す

14 犬はいつもはつらつとしてよろこびにからだふるはす凄き生きもの

『鴇色の足』

ここから第三歌集『鴇色の足』（本阿弥書店）にうつる。鴇色は「ときいろ」と読む。一九八二年（昭和五十七年、奥村四十六歳）から一九八六年（昭和六十一年、奥村五十歳）までの作品五四六首を収める。まさに「働き盛り」の年齢、充実の歌集であり、『三齢幼虫』『鬱と空』そしてこの『鴇色の足』をもって、奥村の「初期三部作」とし、又「現代ただごと歌」のスタート期という見解に私は立つ。

幾たびも幾たびも、納得のいく形まで同じ素材を取り上げ、磨く。そうした素材が歌人には幾つかあるものだが、奥村にとっての犬もそうなのだろう。愛犬プッキーもそうだが、それを通じて「犬そのもの」「犬ってなんだ?」という疑問を抱く。奥村の疑問・疑念というのは、どこかそうした存在論的な意味合いを持つ。哲学というというより、どこか神学的な、そして奥村が至った「犬」についての定義なるものがこれである。

初句「犬はいつも」の六音にまず、たじろぐ。本当に、いつもなのか。この断然というか、断固とした押しの強さに馴れてしまうと、いつもの奥村の顔が浮かぶのみである。そしてその顔はどこか悩んでいるような、苦渋に満ちた表情でもある。そうした奥村の顔に比して、ここで描かれる「犬」のなんと、魅力に満ちあふれていることか。「はつらつ」「よろこび」とは何か。この喜びというのは、単なる「楽しさ・楽しみ」というより、この世に生を得たこと、そのこと自体の「喜悦」なのだろう。そして、犬はそれを何より感受している、だから「からだふるはす」。

しかし、ここまで書きながら、誠に失礼ながらそれは、奥村自身の自画像にも似た思いを抱く。一回きりの自分、その生というものを得た、そのことの「凄さ」に震える生き物、それは何より作者自身もそうである、そうであったのではなかろうか。

15　大男といふべきわれが甥姪《をひめひ》と同じ千円の鰻丼《うなどん》を待つ　　『鴇色の足』

一九八二（昭和五十七）年「帰省」の一連から。この一首を懐かしく思う人は昭和末期の「鰻事情」をご存じの方でもあろう。先ず一つ、鰻重と鰻丼の違い、これは歴然としている。鰻丼というのは、手っ取り早く、安く鰻を食べる為の手段であった。二つ、当時の物価、就中鰻の。当時は千円で鰻丼が食べられた。今でも牛丼のチェーン店では千円以下で鰻が食べられるが、そういうものではなしに、もっとちゃんとした（というと語弊があるが）鰻、ふっくらとした鰻のどんぶりが千円。もうこの辺りで、昭和を懐かしく思われる方もいるだろう。

一首のうちの「大男といふべきわれ」、確かに奥村はがっしりとした体軀の持ち主だ。この百十首では収めては居ないが、第一歌集『三齢幼虫』での、

四十を超えて牛の如き肉体を夕べの路地に走らせてをり

といった自己像、そして同歌集巻頭歌の「くろがねに光れる胸の厚くして」といった自分自身の「肉体」の把握に通ずるものがある。頑健な肉体、それに包まれた「こころ」なるものの不可解、鬱情といったもの。ただしここではそれがいささか、和らいだ、ペーソスに通ずるものになっているのを感じる。奥村晃作四十六歳の作品。この、やや哀感を伴うペーソスというも

のが、より平べったく、乾いた抒情を纏うと、現代ただごと歌の入口となろう。

16　ボールペンはミツビシがよくミツビシのボールペン買ひに文具店に行く

『鴇色の足』

一九八二（昭和五十七）年この作品は詠まれた。奥村と来ればこの一首、のちに現代ただごと歌と言われる、代表作の一つ、いや、筆頭と呼ばれる一首ではある。この一首について、小池光は評論において、この歌が作られる前に第二歌集『鬱と空』のなかで、

はつきりとこつちがいいと言ひくれし女店員が決めしボールペン持つ

という歌があるのを取り上げ、局所の人は判断基準を外に求める、という、その徹底ぶりが破られ、己で考え判断をしなければならぬとき、ただごと歌が生じる、としている。

その論をある程度踏まえて、私自身の考えを進めてみる。奥村短歌というものが、世のオートマティックな流れに目を見張る、そのような一面を持っていることに、これまで触れて来た。そしてそのような瞬間の裂け目のようなものから垣間見られる、人間や或いは草木、モノさえも、そこにある「ワイルドネス」のきらめく瞬間を感受する歌だとも。その意味では、この一

首には「裂け目」というものはあまり、垣間見られない。いわば「凪の、ただごと歌」なのではなかろうかとも思う。奥村曰く「言われてみれば納得」の歌では無い訳だが、人の思考の流れ、そこに至る因果の流れをこの一首から感じる。そして、そこにある「些事性」それに依ることによる、ささやかな安堵のようなものさえ、感じさせる。

そしてこの一首も奥村（オクムラ）という、一人の個性というもののうえに、立脚した一首であるということ、一首独立しているようでいて、これまでの奥村短歌を踏まえたうえでの一種異様な歌であるということには、変わりがないように思える。いずれにせよ、これは「現代ただごと歌」の一面を表した歌ではあるが、これをもってして、現代ただごと歌の全てが言い尽くされているといった趣でも無い。

17　不思議なり千の音符のただ一つ弾きちがへてもへんな音がす　『鴉色の足』

奥村は自らの趣味につき「囲碁」と「クラシックギター」としている。緻密というか、微細というか、そうしたものを好む一面もあるのだろう。思えば、奥村短歌の「定型遵守」というもの、緊密・堅牢な歌の外観というものも、どこか似ている。この歌のあたりは、まさに小池光曰く「局所の人」そして、ここでの局所とは「ただ一つ」の音符ということになろうか。当たり前のように、世に響いている音楽というもの、その滑らかな音階と、メロディーを奏でるのは、非常に労苦の要るもの。そこを、一つ一つ、検証している。改めてそこに疑問を感じる、奥村という、一人の人間の「不思議」がある。

そして、この歌のかたち、まさに当然といった感じだが「完全定型」である。こうした趣旨の歌を、字余りの歌や、字足らずの句を含めて纏めるなどということは、あり得ない。奥村ならそう言うだろう。そして、漢字とかなのバランスというのも、これでベストといった感がある。ただごと歌は「ベストの表現」それを目指すのだと、奥村は言う。世に「いいことを言った感」のある歌、切り口がおもしろい歌など、溢れてはいるが、そこにベスト性があるかとまでいうと、心許ない感がある。ベストとは何かと問われれば、難しいが、一つには「定型の遵守」そして「表記」。そして「韻律」だろう。これらの絡み合いから、何かを伝え果せた感が生じるもの。ただごと歌を、一つの外観主義、表現主義として捉えればそうなろう。そしてそこに「散文調」も絡んでくる。

18　撮影の少女は胸をきつく締め布《ぬの》から乳の一部はみ出る

『鴇色の足』

一九八四（昭和五十九）年の作。ここでは「描写」というものから、奥村短歌の在りようにつき、述べてみたい。この一首、初句にまず注目する。この「少女」はそれを生業としている、少なくともそれで金銭を得ている少女。そして、奥村は無論、グラビア写真を見ている。素材は一歩間違えると、陳腐な歌、単なる性の歌に堕してしまう恐れがあるだろう。対象とわれ、その「関係性」を「夢想・想像」すること、そこから「甘さ」が生じて来る。

先へ行こう。そこから奥村は「胸」と描く。体の部位として。ある種冷厳なまでの捉え方をしている。そして、少女は胸を「きつく締め」ている。無論胸を大きく強調するためだが、奥村の視線はそこに留まらず、細部へと着目する。それが「布から」「乳の一部」「はみ出る」である。ここにおいて「胸」が「乳」に変換される。これは何なのか。そこも、乳＝商品として扱われる。そのことをこの一首は示唆までしている、かのようである。

この一首におもう、描写する、徹底して描写するということは、存在自体、それがそこに存在することの不可思議に至り、やがて存在自体の「悲しみ」とでもいうべきものに着地するのだ。それは「写生」というのとは、若干異なるように思う。例えば茂吉のそれのような、おおらかに自らの生を持ち込むようなそれではなく、もっと、独りであり、一つであるような、そのギリギリまでそぎ落とした描写。そこに至って浮かび来るのは、この一首だと、少女そのものの纏った「悲しみ」であろう。写生歌なら、ここに「あはれ」などと付け加えるかもしれない。しかし、奥村短歌の描写の世界はその「悲しみ」の前に、あくまで佇むのみだ。

19　人格を包む胡桃《くるみ》の堅き殻その外側の心ぞ病める

『鴉色の足』

奥村の第二歌集の題名は『鬱と空』であるが、奥村は青年後期から心の病に苦しんだ。ここでは奥村の心＝情《こころ》の理論について、すこし触れてみたい。同一連のなかに、以下の歌が並んでいる。

心とは物質なりやその核《コア》の謂はば〈人格〉は神しろしめす

人格の統一を計る一手段歌を詠むこと文を書くこと

〈人格の病〉は神の御業《みわざ》にて人智及ばぬ神の領域

ここではまず、心そのものを「物質的」に捉えるという、奥村の特質が現れている。そして、その核には人格というものがある。例えば精神分析のそれのように、自我というものは中心を欠く、玉ネギの皮が重なり合ったようなものに過ぎぬ、とか、仏教の無我といった思考は採らない。なにか、コアがある。そこがまず、イデア的であり、その短歌観に繋がる。その人格、コアというものが病んでいる。それは人の及ぶものではない、神の領域だ。人に出来るのは、それを宥める、その「統一」インテグレーション。そのための手段、例えば歌を詠み、文章を書く以外には無い。斯くして自分は歌を詠み、文章を書いているという。

ここに現れているのは、ある種の「宿命論」「運命論」とでもいうべきものである。敢えて言えば小池光の書いた「局所の人」論にも重なり合う部分は出てくるだろう。奥村短歌が抱える「なぜ?」という「疑問の大きさ・深さ」の背景として、そうした「神の御業」という、それを身を以て経験しているのだという。ここに赤裸々に示されたものは、深い。

20 然ういへば今年はぶだう食はなんだくだものを食ふひまはなかつた

『鴇色の足』

第一歌集『三齢幼虫』からこの第三歌集『鴇色の足』までで、奥村ただごと歌(現代ただごと歌)というのは、その基礎を形作る。私はこれを初期三部作と言いたい。ここで少々年譜に触れてみると、

第一歌集『三齢幼虫』一九六一〜一九七七・昭和三十六〜五十二年の作品
第二歌集『鬱と空』　一九七八〜一九八一・昭和五十三〜五十六年の作品
第三歌集『鴇色の足』一九八二〜一九八六・昭和五十七〜六十一年の作品

となる。年譜のなかで注目すべきなのは、
昭和五十八年　現代短歌を評論する会発足、解散の日まで運営委員を務める。(奥村四十七歳)
昭和六十年一月、高野公彦・影山一男らと「桟橋」を創刊、発行所を引き受ける。十二月、

黒崎善四郎・松坂弘と「江戸時代和歌」を創刊。（奥村四十九歳）

いよいよ、活動的になり、また「評論」先行型なのも、奥村らしさと言える。私の知りたいところは奥村がその、ただごと歌の祖である、小沢蘆庵との出会い、それが具体的にいつ頃だったのか、というところ。現代ただごと歌の理論の源流である。

歌に戻る。口語、話し言葉というものを、硬質な文体に入り交じり用いること。これもまた奥村短歌の面白さだろう。「〜なんだ」という、訛りのある言い回し（方言では無い）で三句目が切れているのも快い。中年の忙しなさ、忙殺ということをここでは捉えている訳だ。ブドウという、些か食べるに面倒な果物を選んでいるのも妙がある。ちなみに、この歌について奥村夫人が、奥村を囲む勉強会のあとの飲食の席で、奥村に「あなたはああいう風に詠んでますけど、ぶどうは食べましたよ」と言っていたことを、一言添えておく。

21　梅の木を梅と名付けし人ありてうたがはず誰も梅の木と見る

『父さんのうた』

ここから第四歌集『父さんのうた』（ながらみ書房）に入っていく。一九八六年（五十歳）から一九八九年（五十二歳）までの四年間の作品から六九三首が収められている。大部である。この時期の論作としては黒崎善四郎・松坂弘と創刊した「江戸時代和歌」での活動等、現代ただごと歌の論と作、双方の実り行く時であったとも言える。

この一首はことば、そして「名付ける」という行為、人間の営みについての、奥村の慨嘆というか、そこを示しているようにも思える。「うたがはず誰も」の四句目、ここが出てきそうで、なかなか余人の許さぬところとなっている。細かく言えば「梅」が「うめ」と名付けられる過程、名付けるのはいつも「一人の人」である、という把握の仕方が奥村的。この歌集に収められている、高速バスの歌にもある（後出）が、奥村的な、人間の営み、歴史観とでもいうべきものは、絶えず、エポックメイキングなことを行うのは「一人」からであり、その一人を尊ぶ姿勢というものが見て取れる。ここまで書いてきて、奥村の師である宮柊二の『小紺珠』の一首に思いが及んだ。

英雄で吾ら無きゆゑ暗くとも苦しとも堪へて今日に従ふ　宮柊二

そう、そこにあるのは一つの「英雄観」といったものなのかもしれない。そして又、「始原」というもの、又そこで現れるのは「イデア」であり、奥村の心の「コア」にある「人格」であり、ということになろう。私は昔奥村の歌を評するのに「トートロジーだ」と述べたことがあり、その時は自分でもいまいち分からずしてそう述べたのであった。どの歌、どの一首を辿っても「そこ」に戻っていこうとするという、その運動体としての歩みは、そのように定義付けられたのではなかろうか。

『父さんのうた』

22 オリーブの樹が動き畑《はたけ》の土動き画面全体が動くゴッホの絵

ゴッホやゴーギャンといった画家の名を採り上げた歌は古今に多い。ただ、ゴッホの絵画にじかに接してこのように、赤裸々に詠むというのは、いかにも奥村の短歌であろう。ちなみに奥村の師の宮柊二には以下の名歌がある。

耳を切りしヴァン・ゴッホを思ひ孤独を思ひ戦争と個人をおもひて眠らず

宮柊二『山西省』

宮柊二の一首が「耳を切りし」という、いわば「事」に即し、そこから「孤独」「戦争」「個人」と、内省を深めていくのに対して、奥村の一首は表面に終始する。しかしながら、そこに感じさせる何か。私は以前奥村のその「たぎつ心」というものを指摘し、更には現代ただごと歌、奥村短歌の根底にある、人格《コア》というものに触れたが、表向き外向に終始し、抒情を排したように見えるこの一首に、感じる何かがあるとしたら、それは歌の言葉の流れとそこに、秘められた「たぎち」であろう。

「動き」「動き」「動く」とある、この執拗なまでのリフレイン。居ても立っても居られないような焦燥感、それはゴッホのそれというよりも、奥村のそれであろう。一首の構成としては実に堅牢な言葉が選ばれている。前の三歌集に対して、この歌集は、若干の字余り感が見られるところであるが、この一首、音としては余っていても、その分を補うかのように、語の表記をガッチリと固めている。この辺りの、自らの歌の変化に呼応してか、奥村は「桟橋」の創刊号で「文明とただごと歌」という論を寄せている。ここでは引用は避けるが、うたが「情《こころ》」の表現である以上、その形式美に依拠するのではなしに、あくまで感動を、殊に物に即して叙述する。ここでの字余りというのもこころの動きを物に即して詠まれた、その現れとしての字余り（奥村はよく、それを「必然の字余り」と呼んでいるが）なのだ。初句から結句にかけての音数は、五／九／五／八／八、ではあるが、一首にある、詠み果せた感、特に「画面全体が」という技が効いている。

23　さんざんに踏まれて平たき吸殻が路上に在りてわれも踏みたり

『父さんのうた』

奥村は現代ただごと歌の定義につき、前述の「文明とただごと歌」において、それは「情《こころ》の表現である」こと、その表し方は専ら「物に即して」「叙述をする」こと、とした。それは写生の歌のように「瞬時を写し取る」ものではないと、そこは区別をした。この一首に即してそれを見ていく。

初句「さんざんに」という表現、これは主観表現であるが、二句「踏まれて平たき」とあるので、すぐ景が浮かぶ。昭和末から平成の始まりを生きた人間には特によく分かる光景かもしれない。平たき吸殻、それが路上にあって、私もそれを踏んだ。ただそれだけである。しかし、その間に「こころ」が動いている。これはその「こころ」の表現なのだ。この一首に現れたこころ、とは一体何か。それは移ろいゆくものであり、どこか一つの点を捉えて言い果せるものではないのだ。そう考えると、どうも、禅問答のようにむつかしい。この一首では、オートマティックな推移を追う。私の述べた、ただごと歌の一側面でいうと「われも踏みたり」において、ひと（奥村）の、些かのワイルドネスが発揮された。いわば現世のオートメーション化にちょっとだけ、綻びが生まれたのである。それがこの歌の「動機」となっているように思われる。

奥村は「こころとは叙述に即し現れるもの」とし、私はそれにつき、奥村の一個性から発しているもの、現代の、ひとの、モノの「自動化」に即して生きている人間の、そこに生まれる「綻び」を掬い上げて行く営為、そこに現代ただごと歌の発露が見いだせる、と書いてきた。

そう書いてきて、私のやっていることは、奥村の太い理論の添え木をしているに過ぎないことにも、気づかされるのである。

24 運転手一人の判断でバスはいま追越車線に入りて行くなり　『父さんのうた』

連作「中央高速バス」のなかの一首。連作の三首目、一首目二首目はこうした歌だ。

高速のバスゆ見おろす自動車は皆小さくてたちまちに過ぐ

次々と自動車行かせこのバスは己れのいまの速度を保つ

高速のバス、その進行に即して、叙述のうたが詠まれている。しかしながら、そこで奥村の「情《こころ》」というものは動いたのである。このバスを動かしている、たった一人の人間、運転手というものの存在である。「一人」「一つ」からの、物事の推移に、奥村の思考は突き詰めていく姿勢を持つというのは、ここまで見てきたところだ。この場合も高速バスに乗せられて居る自分、という、快適さを得ている状況があり、その進行はまさに「自動化」されたものだ。A地点から乗せられてB地点で降りる。ただし、それを支えるのは「一」という支点なのだ、という思考、事実である。

その支点が崩れれば、その「自動化」に「綻び」が生じてしまうこと。それをうっすらと感受させつつ、自動車は、ある種平然と追越車線に入っていく。これをどう取るか。一方でこの一首は「自転車の人、徒歩の人」である奥村であるが故の、自動車社会に対しての「感受」でもあること、それが下敷きになっていることも、まぎれも無い事実であろう。奥村は一方で世の中の自動化・快適さというもの、もっと言ってみると「新しさ」というものには目が無い。しかし、その一方でその「綻び」に対しての思考・情《こころ》というものの追及がある。この、アンヴィヴァレンツというものが、奥村短歌、現代ただごと歌のある種の「捉えがたさ」に繋がっているように、私には思える。

25 脳血栓の御血《おんち》の跡が黒く染む宮先生の頭骨内壁《づこつないへき》

『父さんのうた』

この第四歌集には、二つの大きな「別れ」がある。一つはこの歌に詠まれているように、奥村の師である、宮柊二との別れ、もう一つはこれまで奥村の歌集に幾度も詠まれて来た、愛犬プッキーとの別れ。一方は尊敬する師、一方はけものというか、ペット。この並列の仕方、どちらにもフラットな感覚は奥村の特色で、このフラットさをどう説明したら良いのか。奥村に接した人なら誰もが感じると私は思うのだが、あの感じ。
この歌集巻頭の一連に既に、宮柊二のことは詠まれてある。「年始」という一連、全て引く。奥村という人間がよく現れた一連と思えるからである。

一月二日、宮柊二先生を囲む新年の宴、本年はなく

新しき二階の室の車椅子に眼を閉ぢ居給ふ絶対安静の師は

正月の二日といふに年始客あらずみ病篤《やまひあつ》きがゆゑに

帰途、井の頭線車中にて

宮柊二先生おもふとかなしくて走る電車に茫然と佇つ

風またく絶えし午前の芝草を正月四日の陽がぬくめをり

たぎつ心、それを抑え抑えている感じ、それがところどころ、綻び、噴き出る感じを、歌の描写の力で詠み継ごうとしている。そして逝去に際して、この、徹底した描写の歌であるが、私はふと、次のような一首を思い浮かべる。

左前頸部《ひだりぜんけいぶ》左顳顬部《ひだりせつじゆぶ》穿透性貫通銃創《せんとうせいくわんつうじゆうさう》と既に意識なき君がこと誌《しる》す　宮柊二『山西省』

情《おもい》が無いのではない。寧ろ、悼む気持ちがこのような、徹底した描写の形を採らせた。そして同時に、今回取り上げた奥村の歌にも、葬儀というものの、文字化を拒むような重厚な、透徹した場の力をその根底に思う。

26 一回のオシッコに甕《かめ》一杯の水流す水洗便所オソロシ　『父さんのうた』

奥村晃作の短歌、前衛以降、更にはニューウェーブに続いていく、レトリックの更新というものに対しては、それを全面的には肯定せず、しかし、ただごと歌のなかでの技巧として、①句割れ・句跨がり、②表記（ルビも含む）、そして無論のこと③助詞の的確さ、というものを奥村は挙げてきた。なかでも①については、私が奥村に歌を習い始めたころから、それこそ耳になんとかが出来る位言われ続けて今に至る。現代短歌において、句割れ・句跨がりの技法を華麗に駆使したのは塚本邦雄以来であると、奥村は幾度も触れている。

この一首において、その句割れ・句跨がりを追ってみると、

一回の／オシッコに甕／一杯の／水流す水洗／便所オソロシ

となる。奥村ならばこの二句目の流れ「甕」で止まっているところや、結句の「便所オソロシ」の「便所」の始まりを強調した歌の叙述につき、ピシリと決まったというところだろう。実際にこの一首は、便器を流れていく水の流れ、その読み下す際の「喉越し」の妙、感覚を味わう一首なのだろうと私は思う。いわば、ただごと歌、読み下すなかでの「喉越しうた」とでもいう、一カテゴリーか。

もう一点、この一首、後年自選の『空と自動車』においては、以下のように、表記が「改作」

をされている。

一回のオシッコに甕一杯の水流す水洗便所恐ろし

些細なことかもしれないが「甕」のルビが取れ、「オソロシ」が「恐ろし」に替わっている。それにより、一首に落ち着きが与えられ、戯画的なところが収まっている。恐らくはこちらの方が完成形なのだろう。『父さんのうた』の一首の時の奥村は五十一歳、『空と自動車』が出たのは六十九歳の折。

27

端的に言ふなら犬はぬかるみの水を飲みわれはその水を飲まぬ

『父さんのうた』

奥村の第四歌集『父さんのうた』は家族の歌集でもあるが、前にも述べたように、ここには二つの「別れ」が描かれていて、一つの別れは宮柊二との別れ、もう一つは愛犬プッキーとの別れである。そしてこの歌集でも、プッキー＝犬という存在の考察は続く。恐らくは散歩の折か何かの時の発見か。初句からの流れ「端的に言ふなら」というフレーズ、こうした「決めつけフレーズ」というのは、奥村短歌に無くてはならないものだ。「ボールペンの歌」然り、前掲の「ぶだう食はなんだ」の一首然り。その決めつけが押しつけがましい、説教めいたものとならないのは、その後に続く内容がおよそ、決めつけるほどの内容、声高に言うような発見なのかという、「些事」の領域に属するものだから。私が奥村に歌を習い始めた頃、奥村はかくも語っていた。それこそ万葉の大昔、或いはそのかみの歌人は「大きな時代」「大きな感動」があり、それを詠っていた。だが、現代を生きる我々に残っているのは日々の「小さな感動」である。しかし、その、小さな感動でも、表現として隙の無いものに仕立て上げれば、それで一首の歌が成り立つのだ。

この一首に現れているのは「犬はぬかるみの水を飲み、私はその水を飲まない」という、どうでも良い発見。ただそれを「犬とニンゲンである私との違い」にまで押し進め、「端的に言ふなら」と決めつける。ここにただごと歌、「情《こころ》の歌」の妙があるだろう。この一首から、硬質な、文体の香りを感じるのも、それが表現として確としたものを持っているからであり、それこそ「コスモス」、白秋系という流れがあってこそ、可能であったことも無論触れるべきことだ。

28　水さへも飲まずにわれを見つめゐしプッキーは別れを告げてゐたのだ

『父さんのうた』

連作「プッキー永眠す」より。奥村の思想の根底、「一つの」「一人の」という、イデア志向があることに幾度か触れてきた。一つのこと、一人の行動・思考が、状況を動かす。そしてその一つの、一人の営為によって、奥村の認識が「改まる」のだということ。プッキーという存在は、単なる犬ではなく「一匹」の犬であり、イデアである。その一匹の、時に大胆な営為によって、奥村のなかでの「犬」の認識を改め、動植物全般に対してのフラットな視点を得るに至った。そこまで推察は及ぶ。連作のなかには、誠に、心しみ入る良い歌が多い。引いておく。

よろよろと立ち上がり妻の腕に倒れ一声長鳴きて果てゆきしなり

最後までもの言はず何も訴へずよべは立つたまままわれを見つめゐし

「もういいからあっちへ行け」と追ひ立てき首抱きしめてやればよかつた

「関係性」より、「存在」を追っていく。そこに奥村個人としての生きづらさもある訳だが、実際にはわれわれは「関係性」、相互依存のもとに生きていると同時に一個一個、個別の「存在」でもある。どちらもあって良いのだが、奥村のこの、強固なまでの、イデア性、或いは「情《こころ》」なるものへの傾き、情《こころ》が凝固し、固体となるほどの信念・或いは固執はどこから生じるものなのだろうと、私は思う。そしてその磁場のようなものが、現代ただごと歌、奥村の歌の核《コア》である。

29 結局は傘は傘にて傘以上の傘はいまだに発明されず

『父さんのうた』

一九八九（平成元）年の歌。奥村の後年の歌集には『造りの強い傘』（青磁社）があり、ここを私は後期奥村晃作の作品の始まりと見ているが、初期三歌集ののちの中期の傘の一首として、一見地味だが忘れがたい。「傘」という語が実に四回も使われている。なんとも「舌足らず」な詠みぶり。そもそも「傘以上の傘」とは何なのか、それはもう「傘」とは言わないのでは無いかという、「定義」という概念の枠を踏み越えてしまう強引さというか。

些か哲学風に書いてみると「傘は傘にて」というのは「傘」を機能的に見ると同時に「傘の実存」というか、イデア的にそれを捉えている。ここが奥村短歌の真骨頂であるという旨は既に触れた。そして、そこからの飛躍「傘以上の傘」である。それはイデアを超えたイデアということだろう。それは「いまだに発明されず」とある。イデアを超えたイデア、それはどこか、精神分析的にいえば「昇華」という装置にもなぞらえることが出来るかもしれない。傘という具体をあくまで追いながら、これは奥村の「情《こころ》の短歌」「イデア短歌」について、哲理をめぐらした一首となっていると思われる。傘を見ながらの内省、ただし内省といっても奥村の場合、それをどこまで自覚しての内省かは解らない。奥村の思考というものは「単一のもの」「究極のもの」に向けて探究をつづけて止まない。そして、初期三歌集ののちの「中期奥村晃作の歌」

は論との併走であり、それは二〇〇六（平成十八）年の『ただごと歌の系譜』（本阿弥書店）における結実まで続くというのが、私の見解である。この時期の奥村の歌はこのような、思弁的とも取り得る歌が多くある。

30　五十二歳《ごじふに》のわれ老いにけり歯《は》・魔羅《まら》・眼《め》の衰へ著くわれ老いにけり

『父さんのうた』

この第四歌集『父さんのうた』は、それまでの三歌集と比べると、渾沌とした内容、奥村のアンテナが多方に伸びて、雑多な印象も受けるのだが、拾い拾い読んでいくと、壮年期の力ある作品が浮かび上がってくる。この一首も実に堂々とした造り、奥村の自家薬籠中のところともいえる、リフレインの妙を駆使して、自らの老いというものを、身も蓋もなく詠んでいる。人間、老いを感じる瞬間は数多あれど、自らの体の老化というもの、ここに悲哀を感じるというのは、まあ、類型としてはあるだろう。古くは、斎藤茂吉の歌群、例えばこうした歌、

こぞの年あたりよりわが性欲《せいよく》は淡《あは》くなりつつ無くなるらしも　斎藤茂吉『たかはら』
なべて世のひとの老《お》いゆくときのごと吾《わ》が口ひげも白くなりたり

昭和四年、茂吉四十八歳の折の作品。それと比較して鑑みると、奥村のそれは些か奇怪な印象を受けるが、同質の嘆きであること。そして「歯・魔羅・眼」という、いわば奥村の後年に言う「表記のレトリック」なるものが駆使されているところは見逃せないところだろう。そして、老いの歌を詠んでいるのに、どこか見得を切っているようなところ、この、どうだろう！といった感覚も、奥村独自のものだ。一首の歌として、ガチッと詠み徹したことの高揚感がそうさせるのか。あまり、寂しい感じを受けないのである。

31 安定し宙《そら》の高処《たかど》に在る凧の糸引くと見れば欅の秀枝《ほつえ》より

『蟻ん子とガリバー』

ここより第五歌集『蟻ん子とガリバー』（ながらみ書房）の作品に移る。一九九〇（平成二）年から一九九二（平成四）年までの三年間の作品五〇五首（他に長歌二首）を収めてある。あとがきで「表現の面でねんごろに、緻密にと努めた」とあり、些か渋め、トリヴィアルな範疇に属する歌も見受けられる。丁寧に詠まれた作品には、自ずと味読に堪え得るものが現れてくるものだ。この一首は巻頭の一連「凧」三首の真ん中の一首である。他二首を挙げてみると、

都区内で何万の凧がその身をばからめてゐるや裸木の枝に
凧上げは地面にまつすぐ突つ立つて凧を見ながら上げるものなり

一首目は「序のうた」として、思い・考えの過程を追っている。三首目に至ると「凧上げの定義」なるものに移っていく。勢いのある時はこのような「定義」系のただごと歌は力を発するかもしれないが、連続すると、危うい感じを受ける。

そこでこの掲出歌、真ん中の歌を是とする。一首の表現は確りとしていて、「コテコテ気味」でもあるが、一首の流れを追っていくと、旧き良き「起承転結」のある、四コマ漫画でも見ているような気にさせられる。一首の意味は、安定して空の高いところにある凧の糸を引いていると見たところ、凧は欅の秀つ枝に引っかかっていた、というもの。ぎくしゃくとした詠みぶり、特に結句の字余り等、前歌集『父さんのうた』よりの変化を示しているが、そこから又、歌の境地を深めていかんとする意志を感じさせる。

32　オホーツクのカモメは船に寄つて来てわが手の菓子を嘴《はし》にくはへつ

『蟻ん子とガリバー』

「北海道羈旅」の一連から。この第五歌集には旅の歌が多く収まっている。後年、自選五百首『空と自動車』（短歌新聞社）のなかで奥村自身が「旅の歌は殆ど採れなかった」旨を述べているのだが、この一首などはなかなか伸びやかで、旅のうちの開放感を感じさせもする。これこそまさに「ただごと」の良さというか、私の考える、ただごと歌の味わい、良さというものは、読者に無駄な思考やら、何やらを起こさせない。あとはもう短歌の定型の力というか、そこに込められた情《こころ》の動きそのものを信じる。

丁度これを書いている今、奥村本人から小澤蘆庵『ふるの中道』のコピーが送られてきた。奥村自身の手によって、何重にも蛍光・或いは鉛筆で線が引かれ、これを読んで、私は私の歌への不勉強を恥じ、かつ、親鳥が子の鳥に食べやすいように餌を噛み砕いて与えるような、そのような有り難さをしみじみと感じたのであるが。特に、「あしかび」の一節は有名だ。

歌は、この国のおのづからなる道なれば、よまんずるやう、かしこからんともおもはず、けだかゝらんとも思はず、面白からんとも、やさしからんとも、珍しからんとも、すべて求めず思はず、たゞいま思へる事を、わがいはるゝ詞をもて、ことわりの聞ゆるやうにいひいづる、これを歌とはいふなり。

この一首にもそれは通ずるのではないか。徒に賢からず、気高くもなく、面白くつくろうとも、優しい（易しい）歌でも、珍しい歌でも無い。それでいて、この一羽のカモメに対する奥村個人の懇ろなまでの思いや、その「くはへつ」に現れた、ワイルドネスの発する瞬間がある。

この第五歌集、なるほど奥村の言葉のように「ねんごろ」で「緻密」な表現が凝らされている。

33 轢《ひ》かるると見えしわが影自動車の車体に窓に立ち上がりたり

『蟻ん子とガリバー』

一連「隅田川花火大会」とあるが、相変わらずというか、一首の独立性が強い。奥村は徒歩及び自転車のひとであり、自動車乃至自動車社会を様々な角度から詠う。これもその一首。一読、随分と技の込んだ一首と思う。「轢かるる」とあるが、轢かれるのは、奥村自身ではなく、「わが影」なのである。確かにこのような光景を見たような覚えもある。が、実景としてそれは本当かな、という疑念も浮かぶ。

これは「(再)構成された歌」なのであろう。「車体に」「窓に」の「に」の繰り返しも相当慎重に使われている。この辺りが「ねんごろ、緻密」だ。ゆっくりと読んでみると、この歌を詠んだ奥村自身が目の前をかすめた車に対して、ひやっとした思いをしたのだろうなという感慨に至る。一首の入りが「轢かるると」と入るところから、その「イキナリ感」が強調されているところにそれは(微かに)表現されている。

そして、轢かれると見えた影が立ち上がる。小さな小さな復活劇を見ているようでもある。それを轢こう、踏みつける存在としての自動車。立ち上がる影というのは、水面に浮かぶ月影をも思わせ、どうも禅味があるようにも感じられる。そう、奥村の歌の、ある種の厳しさというものは、禅にも通ずる。となると、随分と筆者個人に引きつけた考えになるので、この辺りとするが。

34　われの血を吸ふべく執拗にまとひ付く蚊を何度目かに叩き潰しぬ

『蟻ん子とガリバー』

これはまた、字余り感のある一首である。が、同時にこの、もってまわった詠い方が、あの夏のまとい付く蚊のしつこさを思わせて妙だ。ただし、随所の技は用いられてはいる。「われの血をすふべく」の「すふべく」の纏め方、或いは結句定型の収め方など。蚊にまとい付かれて、奥村は何度かはやり過す、或いは潰そうとして空振りしたのかもしれぬ。だが、何度目かにその「機会」は訪れ、蚊を叩き潰す。

思えば、蚊もあわれ、小動物を殺す・苛めるという行為はよくよく歌には詠われてきた。特に思いつくのは茂吉ではあるが、ゴオガンの自画像みればみちのくに山蚕《やまこ》殺しその日おもほゆ　斎藤茂吉『赤光』
ほのぼのとおのれ光りてながれたる螢《ほたる》を殺すわが道くらし
ふり灑《そそ》ぐあまつひかりに目《め》の見《み》えぬ黒き蛼《いとど》を追ひつめにけり　同『あらたま』

茂吉のそれらの歌は生類の生と死とのあいだ、光と闇との混淆などを思わせて、それぞれ名歌とされる歌ではある。「ほのぼのとおのれ光りて」「目の見えぬ」といった、生類への形容、そこへの踏み入り方も特徴が見られるだろう。

顧みて奥村のこの一首であるが、蚊への形容といったものは「われの血を吸ふべく」「執拗に」である。生き物・蚊の捉え方が遥かに機能的となっている、その辺りのところ、まさしく自然というものも、奥村の眼から捉えたそれは「自動的《オートマティック》」なものなのだろう。蚊は人の血を吸うものであり、人（奥村）はそれを叩き潰す。些かのためらいをもって。茂吉のそれの意外性、なぜ、このシチュエーションで殺すのかという、その嗜虐癖をも思わせるそれと、奥村のそれ。そこを時代論で区切ってしまうのもあまり面白くは無いし、個性の現れと見るのもまた単純に過ぎるだろう。

35　八十を超えると体がホンニナア弱ルニと言ひし父を記憶す

『蟻ん子とガリバー』

この一首には詞書が付いている。「死ぬ際の淋しかりけん空しかりけん、父よ自らここと了へしや」五七七、七七の形に収めている。この一連は「野辺の送り　平成2年12月19日午後8時半頃か、父病院で急死、八十六歳。」とある。一連には、以下のような歌が並んでいる。

　商人《あきなひびと》父の期待とことごとくたがふ生きざま貫いて来ぬ

　たらちねの母は気迫のすさまじく長男晃作無視するなと宣《の》る

　わが背丈越える白木の墓標をば肩にずしりと担ぎて歩く

　「心《しん》臓抑へあへぎつつ飲んだに」「酒で死ぬ、本望、と飲んだに」母あきれ言ふ

奥村の父は奥村好郎、丁稚奉公の身から長野県飯田市の高額納税者に冠せられたこともある、立志伝中の人でもある。奥村はその、父の生きざまとことごとく異なる道を歩んだ。とはいえ、大学で経済を学んだというのは、ある種の「妥協点」もあったのではなかろうかと推察され、それが結局は「ムリ」であったこと、これまでに書いてきた道程で証明されている。

　掲出歌、父の台詞、特に飯田のことばのところを、カタカナ表記で表すことにより、独特の親子の距離を示しているようにも思われる。奥村はこの父から、では何を学んだのか、それは一つには「パイオニア精神」というものであろうし、又その「定型遵守感」一首の音数を最小限に「惜しむ」辺りなど、どうだろう、商いびとの精神も又そこに表されてはいないだろうか。そして、父も又、己と異質の道を歩む、長男晃作を一定の距離を測りつつ、しかし、認めよう、

受け容れようとしていたのではなかろうか。父と息子との関係というものは、ある種、言葉を要しないところも、多々ある。いずれの家においても。

36 「賀春」「賀正」数々あれど結局は常に決する「謹賀新年」

『蟻ん子とガリバー』

一九九二（平成四）年「年賀状雑感」の一連から。こうした、一テーマでぐいぐいと詠んでいく（この一連は十二首）時、奥村の特質は活かされるのではなかろうか。十二首というのは「桟橋」の時の詠草が、通常十二首であった。これも「桟橋」掲載の一連だったのだろうか。そう考えてみると、短歌における「場のちから」というものを、つくづくと思うのである。例えばこの一連はかくのごとく歌が並ぶ。

一日に百枚書けば一日がそれにて終る年賀状書き
たとへいかに親《しん》の人でも年賀状一度止めると復活しない
枚数は少ない、されど心《しん》込めて賀状は書くと妻われに言ふ
昼間書きその夜死んだわが父の年賀状母はかたみと持てる

年賀状に纏わる、様々な「情《こころ》」の動きを詠んでいる。「情《こころ》の歌」を奥村が選んだ、又元々の資質がそれであったということ。それは奥村という、強く、しかし微細にアンテナ・神経の働く人においてはじめて、ポテンシャルが引き出される。奥村は最も己の資質を活かすことが出来る歌のかたちを選んだ。それが禅に於ける「啐啄同時」のように、好機を得たのではないか。
一首のつくりとしては、結句でピシリと決める。「謹」謹むということ、この一語を良しとして選ぶのか、四文字の据わりのよさか。はたまた「きんがしんねん」の七音が、歌を思わせるのか。私も又、かつては「謹賀新年」を用いていた。近年は紙の賀状は排して、EメールやSNSでの挨拶に替えてはいるが。

37　髪の毛はおのづと好む曲《くせ》もちて梳《す》けど解《と》かせど肯《がへ》んじはせぬ

『蟻ん子とガリバー』

歌集巻末一連の一つ前の一連「髪の自然」から。執拗なまでに一つのものの特性、特質を捉えるのも、奥村ただごと歌、現代ただごと歌の特徴の一つ。舟虫なら舟虫、ボールペンならボールペン。二つも三つも素材を持ち込まず、それ一本で、歌を象る。奥村から歌を習い始めたころ、私がよく言われたのは「歌の要素が多い」という指摘で、それとともに「その一首での、感動はどこにあるのか」ということだったのを思い出す。そして、そのようにして出来る、「集中（力）の歌」「感動の歌」それを私は良しとしてきたのであるが、ここへ来て、それも又、歌の一つの在りようであり、全ての歌がそうあるべきでも、そうある訳でもないということも、知って唖然とさせられてもいる。

だが、この執拗さは、この一首では効果を呼んでいる。二句から三句目の「発見」の妙、なかでも「曲《くせ》」という一語の斡旋が、一首にじわじわとした味わいを生み出している。この一連、次に続く二首も良いので、引いておく。

熱風もて髪を和らげ欲しいままの髪型作《な》すは自然でない

髪の毛を褐色《あか》く染めたる若者の髪の毛自身がどう思ってる

一連のなかで、次第にエスカレーションを遂げていく、しまいには、髪の毛自身の気持、そのようなものがあるのかは分からないが、そこに至る。やや、やり過ぎの印象も受けるが、どれも味わいがある。幾たびも幾たびも、髪、という素材を前に、何だかなあと考えている、哲人奥村の姿が浮かんでくる。

38　うまい順に食ふのかそれとも逆順に食ふのか象のエサの食ひざま

『都市空間』

この一首より、第六歌集『都市空間』（ながらみ書房）へと入る。一九九三（平成五）年、九四（平成六）年の二年間の作四〇四首を収めた、とある。歌集はいつもの編年体を選ばず、三部構成、第一部を日常詠、二部はテーマ詠、三部は旅行詠という風に。この一首はその、日常詠から。

象という生き物も奥村はよく歌にしている。井の頭動物園の象の「はな子」を詠んだ一連（『スキーは板に乗ってるだけで』所収）など。この歌集においては、

一頭の巨象が斃れ獣《けもの》が食ひ鳥が食ひ　骨や牙残す

といった、凄惨な場面（恐らくテレビ等からの採取だろう）を歌にしている。そして、第十八歌集では歌集名を『象の眼』とした。この巨獣に対しての、奥村の思いが幾許かは知れぬが、掲出歌はなんとも、ユーモラスな、象の仕草を採りあげている。この一首の成功のカギを考えると、旧かなでの文字の膨らみ方、即ち「食ふ」「食ふ」「食ひ」の、「ふ」「ふ」「ひ」の膨らみにある。そして、地味ではあるが「逆順」という言葉を拾い上げた、そこの五音の締まりなども見逃せないだろう。象は本当は、どのような順に食うのか。私が思うには、うまい不味いより先に「新鮮か、そうでないか」「食えるか、食えないか」で選ぶのではないかと思うが、

それは蛇足として。食えるか、食えないか、ではこの歌は全くつまらないものとなる。旨いか、そうでないかという、「グルメな象」に思いを凝らす、そこが何とも、ズレたユーモアを醸し出している。

39 「ロッカーを蹴るなら人の顔蹴れ」と生徒にさとす「ロッカーは蹴るな」

『都市空間』

この「都市空間」には、教育の「現場」の歌も数多く収められている。奥村の教職の歌は、最初期に於いては、自らの職に苦悩する青年教師の歌であり、そこから転じて、徐々に現場の歌に移っていく。例えば穂村弘はその著書『短歌という爆弾』のなかでこの一首から始まる「ロッカー」の一連を引いているが、どうだろうか、私はこれらの歌は多分に「構成された」一面を持つ物と思っている。

この一首が事実に基づくものであれ、構成されたものであれ、いずれにせよ、その「迫力」は伝わる。私が構成されたと見るのは、その句切れの仕方で、

「ロッカーを／蹴るなら人の／顔蹴れ」と／生徒にさとす／「ロッカーは蹴るな」

「顔」という、どきりとする対象も、「さとす」という、些か場違いなデフォルメも、又、表現それ自体に捧げられたものだ。奥村短歌は「情《こころ》のうた」ではあるが、一方で「表現力、乃至は表現至上主義」とでもいうべき側面を持っている。ここで、奥村の歌論集『抒情とただごと』（一九九四年）の「情《こころ》の短歌論」という文から引用してみよう。

〈抒情の復権〉を希い〈情の短歌論〉を唱導する立場にわたしは在るようだ。ものを対象化して、それを詠む、イメージ化するのではなく、現実と烈しく拮抗する情をさながらに言語世界に形象化する行き方である。

一つには「対象化」とは何か、もう一つは「イメージ化」とは何か、そして「言語世界に形象化する行き方」とは何か。これらを思うときに、私はふと、ラカンのあの、ボロメオの環を思ったりもするのである。奥村の問うた「情《こころ》」というのは、いわば、それら三つの環（象徴界・想像界・現実界）を廻る「動因」のようなものではなかろうか。

40　一切のマニュアルはなしはからひなし一期一会に生くるか子らも

『都市空間』

「浮遊する都市の少女たち」というテーマ詠から引いた。副題に「宮台真司著『制服少女たちの選択』を読んで」とある。二次的に資料を通じて詠まれた歌であるが、これはその一つ前のテーマ詠「受持は高一Q」からの流れを踏まえねばならぬ。「受持は高一Q」の方は、奥村の勤める高校での、凄惨な苛め、奥村の受持ちクラスからも、無期停学の生徒が出る。一連から引く。

性《さが》弱くエジキとなりし級友をイジメ抜く、群をなし一日《ひとひ》も休まず

なぐる蹴る買物させる土下座さすイジメの全体明らかとなる

無期停の生徒八名抱へしより頭の皮がとれさうな痛み

無期停の十日を過ぎて何人かが自分の罪を識り始めたり

そして、今度は都会に生きる少女たちのことを詠む。平成初期のこの頃、所謂「ブルセラ・テレクラ・援助交際」など流行った時で、ちなみに宮台には私は大学の教養学部の時に授業を受けた覚えがある。その時もテーマは都会を生きる少女達の社会システム論に基づく分析であった。そのテーマ詠のなかにふと、この一首と、隣り合うもう一首とが挟まれている。

倫理・道徳・マニュアルなどはもはらなく都市空間に漂へるのみ

掲出歌とともに、ここでは宮台流の分析を披露する訳でもなく、いわば、一教育者としての慨嘆とともに、さらには「生きもの、ナマモノ」としての、奥村の哲学が響いているのであろう。結句の「子らも」の「も」に至って、それが吐露されている。そう、少女たちの求めているのも「一期一会」であろう、という。そして、徒に上から、高圧的に接し、嘆く、それもあ

るだろうが、のみならず、うっすらと、ワイルドネス賛歌のようなものが、聞こえて来るのを感じる。子どもらの、危険スレスレの浮遊遊戯のなかに、自己と同質の「渇き」を見つめる。一人のうたびととしての奥村の姿が炙り出されている。

41　ティンパニー叩く男は打つとすぐ手もて音消す鼓皮《こひ》を抑へて　『都市空間』

テーマ詠「第九とボレロ」の「第九」のところから。「奥村晃作のうた」という本書の副題からしても、その「うた」に迫る必要がある。即ち、奥村の歌論、歌の流儀であるが、それはまず「情《こころ》の短歌」であること（奥村はそれを抒情の復権であると触れている）、手法として「叙述」「定型」加えて「表現」その徹底をとなえた。

年譜からみると、一九八五（昭和六十）年一月、高野公彦・影山一男らと「棧橋」を創刊、「小沢蘆庵とただごと歌」を連載。十二月、「江戸時代和歌」を創刊、その終刊が一九九四（平成六）年の折、この『都市空間』が刊行されたのはその翌年、作品については前に述べたが、九三年から九四年の作を収めている。

蘆庵が「ただごとの祖」である、との考察はあるも、一九九四年刊行の第四評論集『抒情とただごと』（一九七九年から一九九二年までの諸論を収める）のなかでは、蘆庵が「ただごと歌の祖」である記述は散見するも、そこまで大きくクローズアップまではされていない。奥村の江戸時代和歌研究の成果を、刊行されたものに求めると一九九六（平成八）年、第五評論集『賀茂真淵』の刊行を先としている。

長くなった。掲出歌についてであるが、前出の歌〈中年のハゲの男が立ち上がり大太鼓打つ体力で打つ〉（『鬱と空』所収）がティンパニー奏者であったことは既に述べた。あれは「打つ」までの動作だが、ここでは「それ以後」の動作が追われている訳だ。何とも執拗というか、奥村のこだわりを感じる。ここでの「情」「感動」の核《コア》となっているのは、無論のこと「鼓皮」の一語で、中年のハゲの男、の一首が歌全体に躍動しているのに対して、実に省エネ、一部分がささっと動いている。しかしながら「打つとすぐ／手もて音消す」の三句四句のところなど、細かい技が効いての一首の成果でもある。

42　せつなくてちやぶ台投げて怒りたる父を記憶す人は打たざりき

『都市空間』

奥村の父を詠む歌、それが歌集に現れて来るのは、奥村の中年期以降なのであるが、そこで詠まれる父は、ある程度奥村の中で「消化された」ふくらみ、そして温かみを帯びている。この一首で光るのは「せつなくて」の初句の発見であり、ここを「せつなくて」と表現が及ぶようになるには、奥村の中での「父の受容」及び「消化」が必要であったのだろうという推察が及ぶ。

だが一方で、奥村の気持の、その父母に対しての接し方、そして歌の詠み方というものに私はどこか「優等生であった」「長男の性《さが》」というものを感じずには居れない。そこで遡るのは『鴇色の足』のなかの長い一連「父うへ上京す」である。

父母《ちちはは》を引き連れて科学万博の会場に向ふバスに乗り込む

夜の酒を思へば湯茶を飲めるかと八十歳の父ぞのたまふ

躁病《さう》ならずただうれしくてあのやうに父はしやべくる上京の父

風邪引いたオレはと喉にタオル巻き横臥《よこふ》す父よしやべりすぎたのだ

この一連に、私は奥村とその父との（いささか騒々しい）和解を思う。いや、それ以前に既に和解は為されていた、のであろうが、その現れとして。この一連には、父と息子というものの関係、自分とは異なる生き物として父を見るも、自分の心の淵源をのぞき込んでいるような気にもさせられる、そうした関係がつぶさに描かれている。

掲出歌でクローズアップされているのは、結句の部分。奥村個人の、ワイルドネスへの誘引、その危うさを、すんでのところで引き留めていたのは、こうした父の、身を以て示した「激ちへの抑え」ではなかったか。

『都市空間』

43 タラバガニ白肉《しろにく》ムシムシ腹一杯食べて手を拭きわれにかへりぬ

「第三部　東寨」即ち「旅の歌」から。「霧の摩周湖」の一連、どうやら修学旅行の一連。いかにも奥村らしい、たたみかけるような、ダメ押しの歌が並ぶ。

カニ食ひの名人と言はんS先生見よ皿の上のカニの食べ殻
昼毛ガニ、夜タラバガニ、ミーティングあとまた毛ガニの修学旅行
皿に盛る毛ガニを眼にし「もう沢山」「見るのもいや」と口々に言ふ

奥村の歌に職場の他の先生の名が出るのも珍しい。なんとも忙しない旅であったろう、そしてかく饗された毛ガニの命を思うとすこし切なくもなる。この掲出歌の力のいれどころは二句「白肉ムシムシ」と来て三句「腹一杯」に繋がっていくその、接続の「ダメ押し感」にある。奥村の歌は「情《こころ》」の短歌というが、その情というものが過剰なので、こうした歌が出来る。とにかく初句からもう、のっけからカニであり、それを平らげるという認識、情の流れがある。『抒情とただごと』所収の「文明のただごと歌」、これは「棧橋」創刊号から連載をされた「蘆

庵とただごと歌」の初回の文であり、そこには「第一章　土屋文明の短歌」と題されていた。即ち、「桟橋」の場では既に「蘆庵」と銘打ってあった文章であったが、論集として纏められた際に、蘆庵を全面的に押し出すことはある程度抑えられているという。その文中「1　ただごと歌の定義」の情《こころ》については、こうある。

> （前略）ところで心は活動態において在るものだから、活動態として在る心をわたしは〈情《こころ》〉と呼びならわしている。景に触れ、できごとに出会うと心は発動し、絶えず動いている。（中略）うれしい、とか、かなしいとかの言葉を用いて現わすのはたんに情を形容し、一つの解釈を行っているのであって情それ自体の表現ではない。そこでわたしは信ずるのだが、心が発動して情となった、そのきっかけをなした景を事を物を、そのときの時間の中で現われ、変化・推移する景を事を物を正確に現わせばそれが情の表現となりうるのである。

まさに「われにかへりぬ」までの流れ、動き全体が「情の表現」なのだという訳だ。

44　たまり漬のホタルイカつるり一口に飲み込んでうまいだが気味わるい

『都市空間』

ただごと歌というのは、即物、であり叙述の歌と奥村自身が論じている。しかしながら、それのみでは奥村短歌は語れない。私の中では、ただごと歌というコアをくるむようにして、奥村短歌というものが成っているように思われてならぬ。そして、奥村短歌というのは、この一首のような「率直なもの言い」も含む。直言という意味ではこれも「ただごと」な訳ではあるが、それよりもそれを詠む奥村の人間性というものが、しみ入るように感じられる。

そして、この時期にはじまった訳ではないが、特に顕著に歌の「散文化」が進んで来る。大部の『奥村晃作作品集』（雁書館、一九九八年刊）は、第一歌集『三齢幼虫』からこの『都市空間』までを含むが、初期三歌集からの流れとして、この区切りは象徴的に見える。

歌に戻ろう。二句目の「ホタルイカつるり」が変だ、四句目の「飲み込んでうまい」そして結句の「だが気味わるい」の、あまりにも本音。だが一首読み下すときの、この、流れるような感触、小学生でも解る意味の明解さ。簡単に即詠で生まれたような瑞々しさ、でありながら、本当は呻吟したのかもしれず、やはりそうでもない明解さ。

今に至り、ただごとを標榜する、そうした動きも各所にあるにはあるが、多くはその、コアな手法というものの真似事に堕している、といえば言い過ぎか。ただごととは、一つの論であり、軸であり、無くては成らぬものであり、だが、小沢蘆庵には蘆庵の、奥村には奥村の、そのパイオニアとしての人間性というものがある。それも含めての歌の風合い、というものであろう。歌は人、であるというのでは片手落ち。コアがあり周縁があり、その、大きな塊こそが歌なのだろうというのは私論である。

45　かの戦争は何であつたか東寨の村人よ柊二よ我等なぜに来た　『都市空間』

れた、とある。

『都市空間』終りの一連「前馬崙・東寨」から。一九九四（平成六）年奥村五十八歳の折、第四回柊二の旅に加わり、宮英子ら十五名で北京・大同・保徳・神池・寧武・東寨・太原等を訪

柊二の旅、とはいかなる経緯で発起されたものか。奥村自身が著した『戦争の歌　渡辺直己と宮柊二』（二〇〇八年刊）から、引用をする。

宮柊二が亡くなった翌々年のことである。昭和六十三（一九八八）年四月、宮英子は「コスモス」の仲間を誘い、柊二が戦った山西省への旅を行った。抑えがたい衝動に駆られての旅であったろう。爾来こんにちまで八回の旅を重ね、柊二追慕の山西省の歌が詠み継がれている。縁あって、わたしも三回、この旅に同行し、柊二の戦跡を、それゆえの歌枕の地を、ほぼ洩れなく訪ね歩いている。

宮英子は柊二の戦跡を巡り、柊二歌枕に従って歌を詠むことで柊二を追慕し、霊鎮《たま》めをされているわけだが、その大歌群の第一声というか、最初の一首が（当然のことながら、というべきであろう）滹沱河を詠んだ次の歌であった。

亡き柊二あらはれ出でよ兵なりし君がいくたび越えし滹沱河　　宮英子『ゐそらごと』

この一首であるが、東寨というのは、宮柊二が戦地で最も長く過ごした山西省の駐屯地であった。そこにおいては現地の村人たちとの人としての交流も当然あった訳であった。奥村のこの一首、そうした、人と人との交流、人間の縁というものを思い、又、そうであっても反目し、戦い、侵し、殺す。戦争という人としての行いに対し、忸怩たる、そして呆然たる思いも混じった詠嘆を込めている。

46 居ても居なくてもいい人間は居なくてはならないのだと一喝したり

『男の眼』

この歌より、第七歌集『男の眼』（雁書館）に移る。一九九四年（五十八歳）の晩秋から九七年（六十一歳）いっぱいまでの、丸三年間強の作、四八八首を収録した、とあとがきにある。この歌集から表記が「新かな」に改められている。前記『奥村晃作作品集』の区切りが、第六歌集までだったという理由につき触れたが、この事も大きな理由の一つであったろう。奥村旧かな時代から新かな時代への移行。その巻頭歌は、まさにのびのびとした、強烈に自らの思いを述べた一首となっている。

これは教育の現場でのことであろうか。奥村の本質の一つとして、私はああ、先生だなと思う時が多々あった。一人一人に諦めずに歌を教えていく。どのような立場の人間であっても、丁寧に、確りと関わっていく、生真面目なまでの姿勢。しかしながら、この一喝の現場に居合わせた「居ても居なくてもいい」君の心中を思うと、私は複雑なものを覚えるのも確かである。奥村はそれで、なにかを言い果せた感はあるかもしれないが、という。たしかに胸のすく感じはする、だが、そう言ってしまったからには、その後のフォローというか、そこは本当に大変なことであろう。居ても居なくてもいい人間には、それなりのソフトランディングというか、そういう場があってしかるべきかとも思うのだ。必ずしも（そこに）居なくてはならない、と決めつけずとも。今の奥村はこの一首に何を心抱くだろうかと考えると、私の胸中はすこし、ざわめく。

しかしながらそこに「踏み込み・アプローチする」のが奥村の姿であり、私自身が、青年期のどうしようもない鬱勃とした日々から、引き出され、叩き直された。そして変わらぬ優しさ・慈しみを持って接し続けてくれた、奥村の姿が何よりの証拠ではないかと言われると、奥村が「ただ言うだけ・標榜するだけの人」ではないことは、確かなことである。

47　大地震予知出来たとてその日その時全員どこにおれと言うのか　『男の眼』

一九九五（平成七）年の一首。「阪神大震災以降」の一連から。阪神・淡路大震災は同年一月十七日に起きた。奥村のこの一首もその時の感慨を、直截なれど、練られた表現で詠まれている。大地震予知、それ自体のことはさて置き、では、ということである。予知というものは、無論「それが起きた以後の対応」のことも含めてなされるものではあるが、奥村にはそのような説明は通用せぬ。奥村が問うのは「この一時」である。それが三句目「その日その時」という、七音に示されている。

この七音を調えることは可能かとは思う。だがそれではこの一首の急迫性には及ばない。奥村のヒューマニズムというか、次に「全員どこに」と来る。全ての人が、安全な場所に居なくてはならないではないか。それはそう、理想であり、イデアである。そして、奥村晃作はイデアの人、小池光は「局所の人」としたが、私はそれも含めて「一所《いっしょ》のひと」とも言いたい気もする。そして底のところには、人としての（やや過剰な）救いを求めるこころを持つ。

大地震のことについて触れながら、そこに踏み込みながら、そして断固として吐き出しながら、地震を予知する仕事に携わる方も含めて、それほど人の心を逆なでするようにも思えないのは、この見解がどこか度外れた、理想なのだが、アテの外れたようなものも、どこかに感じさせる、それにも起因しているように思う。理想家で、ヒューマニズムに富むけれど、エゴイストでもあり、時に暖かく、冷ややかで、でも一途。奥村の歌の、分かりやすさとそれでも分かり得ぬところは、その大きな振れ幅と、無意識に歌を紡ぎ続ける本人の不可思議さにある、これは師事して二十年ほどの私の感慨ではある。

48　〈イチロー〉がもし〈一郎〉であったならあんな大打者になれたであろうか

『男の眼』

イチローとはいうまでもなく、鈴木一郎、この一首は一九九五年のもの。この前年、開幕直前に登録名を「イチロー」に変更、初めて年間を通して試合に出場し、NPB史上初の二〇〇安打となる二一〇安打を記録し首位打者に。打者最年少MVPに輝いている。またこの歌が詠まれた年にはリーグV、更に翌年には日本一に所属チームであるオリックスを導いている。この快進撃、ではある。

名称というものは、人の運気を左右するもの、と古来からされている向きはある。子供が生まれた時、その名付けに関して画数その他を様々に検証するのもそれであろう。イチローがもし一郎のままであったら、という奥村の予測。恐らくはそれでも相当な数は打ち、彼は出塁したであろう。だが、そのまま彼はドメスティックな、日本野球の一プレイヤーで終始したのではなかろうか。これは今（令和四年）にしてみての邪推である。イチローは二〇〇〇年オフにポスティング・システムにてシアトル・マリナーズに移籍。これは一九九五年の奥村の預言めいた一首。イデアの人、そして パイオニアに対する思いというか、一人の力を重んじる、そこに注視する奥村の傾向として、イチローを歌にするというのは、大いにあり得る事態なのだが、奥村は根っからの阪神ファンゆえ、イチローのプレーがどうの、とは詠わない。私は短歌の目線からしてもしこの時、奥村短歌が新かな表記に変わっていなかったら、これほど瑞々しい一首も生まれなかったであろうと思う。「あったなら」「あんな」といった口語調の軽さもまといながら、一首決めを打つ見栄をきるような心地よさがこの一首にはある。イチローご自身がこの一首を読まれたら、なにこれ！って驚いて、笑ってくれるものと、私は思ったりもしている。

49　落着いてふるまう人の後に付きオレは座席に座れなんだわ

『男の眼』

この『男の眼』一冊を通じての読み応えは、前歌集までの旧かなのテイストも残しつつ、しかし新かなに切り替わったことでの軽さの歌もあり、無論表現上は一貫した奥村の詠みのかたちな訳である。ただ過渡期の印象があった。そして気がつくと一九九七年の歌まで読み続けていた。喉越しがよすぎるきらいがあった。新かなに切り替わったら切り替わったで、新たな「新かなのコク」というか、その味わいを新たに作り出す要があったのだ、そしてこの一首は軽く読み過ごせそうで、表現上の振幅を持たせている。

それを生んでいるのが案外見過ごしそうな三句「後に付き」である。この堅さを残したことで、次の「オレ」があまり浮きすぎずに済んでいる。後は結句の、トホホ感を生む「なんだわ」まで。

内容としては確かにあるあるで、これはラッシュアワーの時ならず、人生運転そのものにも言えたことかもしれない。これは臨床心理学者の故河合隼雄の本にあったが、なにも問題の無い、安定・安全の人の人生というものは、道路を法定速度でずっと走っている自動車のようなもので、周りの車はそれによってペースを乱されて、行き泥んだり、抜き去ろうと急な加速をしたり乱される。即ち、そのひとの周りの人間が被害をうけるのだ。落着いてふるまう人、安定・安全の人に関する一首としては、少し切り口は違うが、奥村には次の一首もあって、これも印象深い。歌集は遡るが、

不気味なり何仕出《なにしで》かすか分からない無遅刻無欠勤つづける彼の　『鴇色の足』

この一首、教え子のことかと思っていたが、職場の同僚について詠まれた一首とあとになって知った。だから無欠勤なのか。

50　蓋きつく閉ずる二枚貝包丁の刃で切り入れて身を抉《えぐ》り取る

『ピシリと決まる』

　ここより第八歌集『ピシリと決まる』(北冬舎)に入る。一九九八(平成十)年から二〇〇〇(平成十二)年までの五六〇首を収めている。奥村は前の『男の眼』より新かなに転じたが、文語のそれは維持している。この一首例えば、二句目の「閉ずる」を口語で展開したら如何になるだろう。

　　蓋きつく閉じる二枚貝包丁の刃で切り入れて身を抉り取る

どうだろう、奥村ならば「これではダメ」と一蹴するだろう。私も同じ意見を持つ。二句目は八音「閉ずる／二枚貝」三・五音の構成から成っている。そして「二枚貝」というのはそれで一つの語を成している。ここに些か、明朗な口語を入れてみるとどうだろう、一首の持つ、緊張感やシリアスさとでもいうべきもの、生の尊厳のようなものが、削がれてしまう。全体として観たときの感じが崩れてしまう。それを奥村は「ピシリと」という表現で補っているのだろう。この一首の構成の密なところ「包丁の刃で」の「で」、続いて「切り入れて」の「て」と重ねて呼吸を置き、結句でまさしく、身も蓋もないところに決着する。

　奥村のこの種の歌、解体の歌というか、生き物でも建物でも、その、崩れていく様、或いは命が無残に滅していく、そこを時折非常なまでの切り口で詠んでやまない。私などはそこに

「詩歌とは本来、トラウマティックな性質を秘めたものであり、そこから癒えていく為の手段でもある」という、己独自の自戒を持つのである。そしてそこに、奥村という一人の人間の抱えた傷みというものを思う。ここまで緊密な形で示された、一つの詩歌という結晶の、傷みの。

51 〃激辛〃の上に〃超激辛〃ありて「止めたがいい」と店の人言う

『ピシリと決まる』

連作「カレーライス」、このような些事というか、生活の歌の佳さというのも、奥村の歌の重要なところであるが、特にこの歌集になると、いよいよ新かなでの詠みに自由度が加わり、面白い歌（面白すぎるというのはいささか困るが）が多くなってくる。他方で、旅の歌や歴史に取材した歌の硬質さとの幅も又、大きくなってくる。これが以後奥村の歌集の大きな特徴となってくる。この一連、冒頭から三首を引いてみる、まさにただごとの見本のような歌が並んでいる。

人参はなぜ人参の色してる少しこだわりまた切り刻む
カレーライスのカレーがどんなものなのか自分で作り納得したり
初歩なれどカレー一鍋作り上げ当分はこれ一本で行く

そしてこの連作の終りにこの、激辛の歌が来る。激辛ブームについては、一九八〇年代に始まったとされ、一九八四年に発売された湖池屋の「カラムーチョ」が火付け役、というのが通説だそうだ。今だと、超激辛、といった曖昧なものではなく、十倍、とか二十倍とか、辛みに「倍」がついたメニューも少なくない。それはそれとして。この一首で奇妙なのは、店のひとの言葉「止めたがいい」。私が推察するに、このカタコトぶりからして、店の人は日本の人ではないのでは、例えばインドカレーの専門店とか、とも思う。でもそれだとかなり面白みが減ってしまう。この、話し言葉とも、書き言葉ともつかぬ「止めたがいい」が炸裂するところこそ、一首の旨みなのである。「「止めたがいい」と」で七音、まさに定型。音数を数えると「激辛の」五音「上に超激」七音「辛ありて」五音と、きちんと五・七・五・七・七。定型に収まっている。まさにピシリ、ああ良かった。

52　転倒の瞬間ダメかと思ったが打つべき箇所を打って立ち上がる

『ピシリと決まる』

一九九九（平成十一）年、奥村六十三歳の折の一首。この頃から、奥村の「転ぶ」歌はよく詠まれることになる。奥村のせっかちな一面というか、小池光流にいえば「俯瞰的な視点を持たない」ところ（これは歌に関してではあるが、その「視野」というものの狭さは転倒にも関わるのかも知れぬ）。

短歌において「レトリック」が大いに問われた時節、八〇年代後半ニューウェーブ短歌が興ってから、一九九五年加藤治郎『TKO』が出た辺り、また一九九七年の「アララギ」終刊といった流れに際して、それらの影響も多々あったかとは思われるが、奥村は「表記のレトリック」ということを唱えた。例えば少々遅れての記載とはなるが、「NHK短歌」二〇〇四年十二月号「自選五十首」に添えて、奥村は以下の文章を残している。

> 奥村の歌に芸がないかと言えば、無論、芸は、レトリックはある。それは「表記のレトリック」であり、数年来わたしの唱えている先端の表現の問題である。（略）その実践が二十二年も前に既に行われていたのであった。まず作品、論はその後を追う。大岡さんが引いて下された歌を次に記す。

顔中に毛の生える犬をカワイイと幼《をさな》言ふああそのしんじつの声

蛇足になるが、「カワイイ」の片仮名使用、「しんじつ」の平仮名使用、「をさな」のルビ使用、そして旧仮名使用（言ふ）すらもが表現上・表記上の工夫であり、レトリックである。

この一首だと「ダメ」の片仮名、「思ったが」「打って」といった促音の使用、「転倒」「瞬間」「箇所」といった漢字使用の辺りか。芸とレトリックとを同一視するところが、既に奥村流なのであろうが。一首それと、誰が読んでも異様に、そして面白味と感じるであろうが、「打つべき箇所を打って」というところ。この「べき」の決めつけ感などもあって、一首が締まった印象を持つ。

53 接近し　まごうことなき旅客機がビルの胸部に激突したり『キケンの水位』

ここより、第九歌集『キケンの水位』（短歌研究社）の歌に入る。二〇〇一（平成十三）年から二〇〇三（平成十五）年までの三五三首を収める。私が奥村と出会ったのが二〇〇三年のことであったから、この歌集については特に印象が強い。9・11テロにはじまり、アフガニスタン空爆、イラク戦争勃発と、新たな〈戦争の世紀〉の始まりかと多くの歌人がそれを作に取り上げた最中、奥村も又、歌に詠んだ。当時私はそれを読んで、あまりの直球というか、あくまで正面から戦争の悪を取り上げる詠み様に驚き、続いて過去の歌集を借りて拝読するにつけ、その一貫した歌の層《かさ》なるものに思い至ったのである。例えば集中にはこうした歌が並ぶ、どれもリアルタイムで詠まれた、直情直球の時事の歌である。

オイ、キミら冗談じゃないぜ〈戦争〉が肯定されてタマルモンカよ
どこなりとバクダンッ身に付け飛んで行け　ネズミはネズミ数で勝負だ
笑ってやれせめてブッシュをアメリカを対イラク戦を笑ってやれ

これらの歌と比べてみて、集中の時事詠の始まりともいえる、この一首は描写に徹した形、「まごうことなき」というところに奥村のたぎちは表れているものの、その衝撃を伝えたものとなっている。この歌集、一字空けの技法が多々用いられているが、それだけ、奥村の「絶句」を伝えるものとなり得ていたか、どうか。この一首に関しては、接近から激突に至る、空白となる、まっしろな「時」というものを示し得ている。おもえば、奥村と板橋区の御宅ではじめて会った帰り、大変な雷鳴と豪雨とに出会った。それからの二十年近く、師弟二人三脚とでもいおうか、歩んできたそれは、まさしく、益々の「たぎちの時間」であり、私も又負けじとおのれの内なる炎を燃やしてきた。それが長く続いてきたのである。

54　それはもうかないっこないわ　かないっこない〈走り〉は幼稚園の子にかなわない

『キケンの水位』

一連「孫の花子」のなかの一首。孫を詠むうたというと、大抵は可愛い可愛いとデレデレの甘い歌となるのでダメだというのが通説だが、奥村のこの一首、孫と一緒に駆けたのだろうが、実に瑞々しい魅力を放っている。新かな表記の力が徐々に、奥村の歌の位相を変えつつある、それを感じさせる一首となっている。この一首は「動」をとらえたものだが、一連のなかには「静」を捉えた、次の一首もあり、どちらも甲乙つけがたい。

横に居るだけでいいみたい一本の紙のヒマワリ組み立てている

小さな命を見守るときの、奥村のこの視線のやわらかさ、慈しみというものがよく表されている。ただ横に居るだけでいい、孫は夢中で紙のヒマワリを組み立てる、その静かな光景。一方でこの歌集は一字空けが少し多いのではないかという印象を述べた。この一字空けも、走っている私（奥村）が孫に追いつけず息を切らす。その息切れを表している、表現の工夫の一環と言える。奥村のフェアネスというか、集中には「孫の太郎」という一連もある。漏れなく載せるところ、実に几帳面というか。タイトルの妙なぶっきらぼうさも面白い。以下歌を載せておく。

六歳の姉、三歳の弟が頭寄せ合いケーキ囲めり

帰らんと立つわれに来て引き止めて遊ぼうとせがむ孫の太郎は

右の手でまなぶた圧して眠そうな顔すれど「まだ寝ない」と言えり

説明は特に要らない。観察の歌、奥村の歌の良さが瑞々しい命に出会って生まれた歌。

55　どこまでが空かと思い　結局は　地上スレスレまで空である　『キケンの水位』

奥村の現代ただごと歌、それは情《こころ》の歌であり、それは物に即して、叙述の形で、こころの余計な装飾を避け（かなしい、寂しい等）その流れを示していくもの。そう考えてみると、この歌での物・モノとしての素材は、空と地、まさに乾坤、スケールの大きく、たしかに即物ではあるが、つかみどころの無いものである。それゆえ、ものの把握というものは、ここではより、抽象に近づく。要するに、概念というもの、抽象というものは何かという課題。あえていえば「即物」の、物とは何かという、それはまさしく、奥村の現代ただごと歌の定義からすると、そこからはみ出すかはみ出さないかのギリギリのところを突くような、そのような一首となっている。奥村の歌の理論は、些末な事象を扱った時には、実に堅牢な形をみせるが、このような大きな素材を扱った時には、野放図で、しかしたまに度外れた一首を生み出すというのも、ただごと歌のポテンシャルを拡大するような、コアから周縁へと向かっていく運動を示しているからだろう。歌の言葉に戻ると、ここでの奥村の把握の「冴え」はまさしく「地上スレスレ」という状態、それをピタリと示し得たことだろう。

どこまでが空か、この一首でウン、そうだ、と納得がいくのも、「結局は」という言葉の力の支えもある訳で、ではそれは空の「下」のギリギリは示し得た、でも今度は「上」の「どこまでが」があることに気づかされるのである。空の上のギリギリはどこまでなのか。

56　釜の蓋取りて白飯《しらいい》炊ける見て「うれしいなあ」と弟の声　『キケンの水位』

一連「白飯と弟」の冒頭歌。次にはこのような歌が並ぶ。
白飯に大声上げて喜びし弟《おとうと》死にき終戦の年
風邪引けば念の為にと弟を父連れてって注射で死んだ
ただ一人の弟悦男六歳で法悦善童子となりてしまいぬ
私が付け加えるべきことは、何も無い。こういう歌を詠む時の奥村の短歌を、では全く抒情を排したなどと言えるだろうか。そうやって繰り返し繰り返し、弟の死はリフレインされていくのだろう。リリカルと戦争、宮柊二は戦争と個人とをおもうと歌に詠んだが、私が思うのは、人間の「情《こころ》」というもの、リリカルであることと、人が人を害し、果ては死に至らしめる、その行為とは、どこかでリンクしているのでは無いか。一首一首の歌は全て挽歌なのだという、そうした極論も聴いたか聴かなかったか。この一首、淡々とした描写のなかから浮かび上がる弟の肉声「うれしいなあ」が、なんとも切ない。一連の歌では「念の為にと」がなんとも、他に付け加えようの無いフレーズである。本当のこと、本当の気持というものは、けして言葉では語り尽くせぬもの、それは描写のなかにはじめて、浮かび上がってくるもの。そう考えてみると、こうした「弟の死」の体験が、奥村の「現代ただごと歌」の根本、人間の情《こころ》とは、物の描写のなかに表れる。そこに結びついては居ないか。

57　わが歌はスーパーリアリズム平べたい言葉をつづるのみのわが歌

『キケンの水位』

自分の歌、乃至「歌について詠む歌」というのは、なるべく詠まない方がいいというのが「通説」ではあるが、奥村は自分の歌についての歌をよく詠む。これは奥村の歌の特殊性及び、「現代ただごと歌」のパイオニアとしての位置づけからしてみても、致し方ないのかとも思う。この一首の隣にはこの歌、

われはもや「わが歌」得たりひとみなの得がたくあらん「わが歌」得たり

この一首、よく識るように万葉集中臣鎌足の〈われはもや安見児得たり皆人の得難にすといふ安見児得たり〉のパロディといえる一首だが、巧みに新かな調に合うように奥村は詠んでいる。この時期、奥村のなかには自分の歌のスタイルが確立された、との思いが強くあったようだ。この一首「スーパーリアリズム」とあるが、「スーパー」とは何だろうと、私は考える。

平べたい言葉、というのは叙述の手法のことにつき詠まれたものだろう。思えば短歌には「平板な言葉」とか、解るようで解らない言葉が多々あり、それぞれその場のニュアンスで私も使い分けたりはしている。恐らくリアリズムの手法といったとき、奥村の脳裏には「アララギ／写生詠」というものが念頭にあったのだろう。私の手法はそれをも超えている。ある意味傲慢な一首かとも思うが、そこはそれ「のみのわが歌」と収束している辺り、慎ましやかでもあり、そこもまた奥村らしいと言えば言えるのだ。

58 フセインと生年が近いオクムラはフセインを見るオクムラの眼で

『スキーは板に乗ってるだけで』

ここから第十歌集『スキーは板に乗ってるだけで』（角川書店）になる。二〇〇一年（平成十三年、奥村六十五歳）から二〇〇五年（平成十七年、奥村七十歳）の三二八首を収めたとある。この一首、時事詠であり、イラクを治めていたフセインがアメリカの特殊部隊により拘束をされた、その時の映像を見ていてのものだ。この一首で見る限り、フセインと「オクムラ」とは、ほぼほぼ同格で扱われている。その根拠として奥村が挙げているのは「フセインと生年が近い」。いやはや。生年が同じ、というのでもなく「近い」、このなんとも小気味よいアバウトさ。そして、この結句「オクムラの眼で」である。この「眼」というのは、「内観の眼」とか「心眼」といった、抽象的なものではなく、あくまで感官的なもの、肉体に直結した、それであろう。奥村は「情《こころ》」の短歌」の復権を「ただごと歌」の論理に、巧みに練り込ませていると私はみているが、その「情」というものは、同時に、感官的な「眼」に支えられ、更には「肉体」に支えられているのである。奥村の青年期の歌や歌論において特に顕著だったのは、「心と肉体との乖離」についての言及であったが、ここに至って、見るという行為、そしてそれを通じて、歌を調べる、強い韻律をもって詠み上げることこそが、心身のそれを健やかに調えるという。この一首は、その思想の表白の一つと思える。奥村がよく私に言っていたのは「いや、今井君、私は実際に眼で見てみないと、歌は詠めないのだ」。それは、一つの信仰の告白にも似た、迫力と静けさとがあった。

59　スノボーのガガガガガガのガガ滑り危うくわれは接触を避《よ》く

『スキーは板に乗ってるだけで』

私はスキーに関しては門外漢であるが、奥村は信州出身、スキーはお手の物、ということでこの歌集ではついに歌集名にまで「スキー」の文字。ちなみに歌集名は以下の歌から。

　一日中雪山に滑り疲れなしスキーは板に乗ってるだけで

なかなかとぼけた味わいがある。この奥村短歌の「とぼけ」の要素であるが、私は極度の真面目さ、集中から来る、盲点とでもいうべきもの。そこから来る味わいであると感じる。例えばこの一首だと、いやいや奥村さん、疲れなしは言い過ぎでしょう、それに乗ってるだけじゃなし、何かあるでしょう、とばかりにこちらも言いたくもなる。そこを素通りして詠み通すのがまた、奥村の歌でもある。

標題歌、奥村のいう「表記のレトリック」そして「句割れ／句またがり」を逆手にとって、表記の場にまで立ちのぼらせた「ガガ滑り」という三句目が目立つ。スノボーの滑りというのは、私が見ている限りでは、あれは雪を削るようにして進んでいく（スキーもそうなのだろうが）。この「ガガ」がはみ出たところで、読者は「コースを外れたのだな」という具合に検討がつくのであり、ここが一首の妙であろう。

思えば、古くこの歌の背景として、ダダイズムの詩などを考えたりもした。

　壁土のコボレ／襖障子の破れ／BORO　BORO　BORO／JAVA　JAVA　J
　AVA／涙が火鉢の灰を固める。／雪に濡れた柔らかい日射し

　　　　高橋新吉「サクランボ」『ダダイスト新吉の詩』一九二三年（大正十二年）

いわば洗練される手前の破壊衝動・虚無というものがダダ運動な訳だった。奥村には衝動《たぎち》な

るものはあれど、それは破壊・虚無の方向には行かず。其処には一線を引いた、醒めたものがある。〈個〉なる危機は、常あった。あれども。

60 花びらの数ほど人を集めるか上野の花は七、八分咲き

『スキーは板に乗ってるだけで』

単純素朴な一首に思えるし、現実にそうだろう。だが、私自身の今の感慨としては、歌についてたとえば、歌会で映える一首とか、そうした「外向きの歌」のみならず、こうした簡素な歌に好みが向く。そしてそこには「現代ただごと歌」というより、その源流である「近世ただごと歌」の姿をみる。

一首の、言葉のうえでの工夫は「か」疑問形に収めたところだろう。この「か」の入れ方というのは、実際やってみると簡単なようで難しい。一首がくだけて、流れてしまうきらいがあるからだ。だがこの一首は二句目をしっかりと止める力を有している。

そしてこの歌の要素は「疑問のうた・観察のうた・描写のうた」であり、この三要素をもって、私は「現代ただごと歌」の三要素としたい。そしてこの一首はその三要素を全て兼ね備えている。そ

れでいて、あまり五月蠅くも感じない。そして一首にいい意味での軽さ・明るさがある。そこがいい。

同一連には惹かれる歌が多かった。そのうち二首を引いておく。

濠端の千鳥ヶ淵の桜木は四、五分咲きなり眼に確かめて

濠に沿う土手の桜はその枝を誘われしごと水面《みなも》に下ろす

数える歌というのも、奥村の歌には実際に多い。これは「現代ただごと歌」の三要素より自然と抽出されてくるものなのだろう。

61 赤い日が水平線に近付いて身を沈め行く下から徐々に

『スキーは板に乗ってるだけで』

この一首について、ああ知っていることだ、当たり前のことではないか。そう思う人も多々あるだろうし、そういう人は「知っている」「分かっている」ともいうだろう。では、この現象を一首の歌に詠んでください、とその人に頼めば、こういった形にはならない。ただごと歌について、突き当たるのも其処で、歌にせよ、文学作品にせよ、「内容」「意味」で捉えて、「知っている」「分かっている」と判断する人は実に多いと感じることがあり、そのような人が

歌の情趣を解するのには一定のバイアスがあるのではなかろうか。

この一首についても、奥村は赤い日が沈んでいく、その光景を見て、何度も見てそれを一首の形に捉えている。奥村がただごと歌で示していること、それを哲学的な面で捉えるのならば「我々は何を、知っている、分かったと言い得るのか」その範囲とは何処までを言えるのか、ということだろうと、私は解釈している。

そして、もう一つ言えるのはこれが「歌の形」でもって、示されているということ。この一首でも、細かい技・芸が繰り広げられている。「赤い日が」の助詞「が」の働き。四句目で一旦切れてからの結句の力強さ、など。

短歌に限らず、ああそれは既に知ってますよ、だから私は分からないことを探究しています、という人。どんどん新しい方に行っていますよ、という人。そういう人の「オリジナリティ」「創造性」がいかほどのものなのか、私は疑念を抱く。

62　理不尽の死とは思えど理不尽にあらざる死なぞあるはずはなく

『スキーは板に乗ってるだけで』

一読、境涯詠のようにも思えるが、二〇〇五（平成十七）年の一連、ＪＲ福知山線での脱線事故を描いた一連の終りの一首。懲戒を畏れるがあまりの超過スピードで運転のゆえの大事故であった。この事故に巻き込まれた方々の死、しかし、と奥村はまた立ち止まる、死というもの、それについて我々は何を知っているというのだろうか、と。

そして理というもの、人間のはからい、又その通りにはならぬものが死という体験なのだという結論に至る。それ自体は妥当なものとは言える。この一首、どことなく箴言めいてもいる。

事故の報を受け、たぎつ、というよりも、何かしらの物思い。

しかしながら、人はそうそう自らの死についてはこのような感慨を抱くことはないのではなかろうかとも、私は思う。そう思って、ふと小澤蘆庵『六帖詠草』を繰ってみると、蘆庵の絶詠が載っている。

浪の上を漕ぎくと思へば磯際に近くなるらし松の音高し

実に朗々とした、見事なものだ。「これは病いとあつしうなりたるのち、床を端つ方にかへんとて、褥《しとね》にゐながら人にたすけられ移ろふが、舟にのれる心地すとて、例の松に秋風の聞こゆるままによめるになん。かくてくるつあした身まかられたりけり」とある。人は生まれとその死とに、最もそのひとの、人そのものが表れるとするのは、言い過ぎか。奥村の掲出歌には、又以下の歌の影響もうっすらとだが感じる。

暁の薄明に死をおもふことあり除外例なき死といへるもの　　斎藤茂吉『つきかげ』

63 キクイモに寄り来る蝶のモンシロはモンシロ流の飛び方をする 『多く連作の歌』

ここより第十一歌集『多く連作の歌』（ながらみ書房）に入る。二〇〇五年八月から二〇〇七年十二月までの歌を収めた。この歌集と第十二歌集『多く日常のうた』とはほぼ同時期に出された歌集。歌集自体の造りはあえて、当時「入手しやすい、廉価版の歌集」を目指して作られたもので、いまの短歌ブームの盛況を鑑みると、かなり時代の先を行っていたようにも思える。だが、当時としては驚きを禁じ得なかったのを覚えている。

一日頁を開くと、歌集の中身は充実期の奥村短歌、所謂「面白い歌」が連発されている。あえていうと「面白すぎる」向きが無い訳ではないが、普段詩歌を読まれる人以外でも、この時期の奥村の歌集を何首か読めばきっと、くすっと笑えたり、楽しめる歌が多かろう。この一首の発想の核は「モンシロチョウ」という言葉を崩して「蝶のモンシロ」としているところ、そこから更に勢いをつけ「モンシロ流」などという流派を練りだしてあるところにある。これだけだと、かなり造りの派手な一首に思えるが、例えば初句の、キクイモという、小さな植物の斡旋、そして結句の素っ気ないほどの纏め方「飛び方をする」で、丁度良い面白さに収める、その辺りの微妙な言葉の配合がなされている点にある。奥村はよく私に「狙って面白くつくる歌はダメ、自然と生まれる歌が結果として面白いのだ」と言っていた。どこまでが本音だったのかは測りかねるが、この一首、例えば、後の歌集のこのような一首にも通底するものがある。

歌いっつ踊る踊りがそれはもう限界超えたマイケル踊り　『青草』

ここでは〇〇流、などという悠長な造語ではなく、より緊密な造語「マイケル踊り」に結実している。この結実がいかような評価を受けるかは分かりかねるが、奥村の造語における探究はここまで過激に進む。奥村短歌とは、造語の歌でもあった。

64

吾《あ》が妻のダイエット食に付き合って夕めしは特殊ビスケット食う

『多く連作の歌』

二〇〇七（平成十九）年の作品。こうした作品を読んでいると、現代短歌というものは一体、和歌短歌の歴史に接続したものとしてあるのかという思いが湧いてくる。初句の「吾が妻の」吾を奥村はあえてルビを振って「あ」と読ませる。恐らくは音の良さ、調べというものとの関わりと思うが。古事記日本武尊の「吾妻《あづま》はや」等、あえて、上代の詠みぶりをここに持って来て、そこに「ダイエット」という片仮名表記をぶつけ、さらに「付き合って」と、促音便を用いての口語調である。この忙しなさ、落ち着きのなさは、この時期の奥村短歌の「面白さ」というものに結びついている。拙速と、それはスレスレのところまで行きながら、しかしどこか皮一枚のところで踏みとどまる。

一連の名は「特殊ビスケット」、所謂カロリーメイトのようなものか。これが「面白さ」の核となるものだが、「ダイエット」といわば対のような働きをしている。更に、ダイエット「食」、ビスケット「食」う、食という漢字が付くところまで。この執拗なまでの対構造というものが、五七調ではないが、どこか古き調べとの、かそけくも細い一本の糸をスレスレで保っているのではないか。一連のなかには更にこうある。

一石に一鳥どころか五鳥だとかたみに言いてビスケット食う

本来なら「ダイエット食」としなければ、意味のズレは起こらない（「ダイエット」→「特殊ビスケットを食うこと」とスムーズに繋がる）のだが、この対構造を採ったことで、この歌の形と成った。そこに、奥村個人の短歌観というものも、また滲み来るのである。

『多く連作の歌』

65　義歯なれば〈よく嚙む事〉はいけなくて〈義歯を労わり〉嚙まねばならぬ

以前「歯・魔羅・眼」の歌とあり、その「歯」にまつわる歌。この歌集中にも、奥村は遠泳禁止の海で泳いで溺れ、次の一首を残している。

　溺れかけ八十万《はちじゅうまん》円の人工歯《じんこうし》口から流れ行くを送りき

きっと奥村は「ぎゅっと噛む」噛む力の強い人なのではなかろうか。この百十首には取り上げなかったが、以前の歌集にはこうした一首もあった。

　歯と歯とが物噛み砕く力ほど圧倒的な力を知らず　『スキーは板に乗ってるだけで』

噛むこと、歯というのは、奥村の生き物としての矜持というか、そこに関わるものなのだろう。言ってしまえば「雄」としての。その奥村が一寸立ち止まった。そして「よく噛む」より「労りながら噛むこと」を覚える。気づき・認識の歌というと、瞬時瞬間のことと思う節もあるが、歌集を通じて読むとこうした、長い年月を経て気づいた・認識したということもあって、この一首には風合がある。しかし、やり過ぎる奥村のことだから、今度は「労りすぎる」ことが起こってくる。強く意識し・緻密に意識し・執拗に意識する。この歌「折々の歌」という一連のなかの一首だが、奇しくも次の歌はこう続いている。

　脳中に湧く想念が理不尽にわれを引き回す止まずしつこく

さて、義歯にまつわる諸々を感じた奥村はいかなる策に出るのか。それは以降の歌集に表れている。

66　見目の良き白き桜の花びらがこぞりて笑めり見上ぐるわれに

『多く日常のうた』

第十二歌集『多く日常のうた』（ながらみ書房）の歌。二〇〇八年（七十二歳）に作った一〇〇〇首ほどの歌の中から採れるものを選び、とあとがきにある。奥村に桜の歌は多く、60の歌も上野の桜を詠んだものだが、この一首はより、無垢というか、奥村の一面であるおおらかで純直な詠みぶりが功を奏しているともとれる。一首の流れ、見目の良「き」白「き」と小気味よく入り、あとはたっぷりと桜の花の様子を詠みあげる。擬人化も、大らかで微笑ましい。

奥村の歌の特徴としての「緩急」というもの、それは時に性急さに傾くきらいもある、が、この一首に関しては入りで細かく加速して、そこからすうっと流れている。この原稿を書いている二〇二三（令和五）年現在も私は奥村らとともに歌の勉強会、研鑽を重ねているが、奥村は「歌の調べ」というものを、改めて強調するようになった。韻律、リズムでは足りない、調べなのだと。「調べ」の意を手元の百科事典でみるとこうある。

歌論用語。和歌を吟詠した場合の声調、音調。言葉がなめらかに続く歌は調べがよい、字余りその他で吟詠しにくい歌は調べが悪いといわれる。調べを重視する傾向は藤原公任《きんとう》、俊成、為家などの歌論書にもみえるが、これを大きく取上げたのは、香川景樹、八田《はった》知紀ら近世歌人である。

この十二歌集の歌に先駆けて二〇〇六年、奥村は『ただごと歌の系譜』という「ただごと歌のルーツ」につき、自らの研究の集大成ともいえる書を出した。その中の香川景樹の歌論について書かれたところから、奥村の結論を引用しておく。

調は情（誠実）のまったき表現態を指すのであり、奥村流に言うならば、景樹の調とは「情の的確・コンプリートの表現態」と言うことになろう。そこから外れたり逸れたりする行き方をひっくるめて理といっているのだと思う。ついでに言うならば、万葉集は心に傾き、新古今集は心が希薄となり技に極まった集であるのに対して、古今集は心技一体の集、心も完璧、技も完璧の最高の規範の古典であることをわたしは肝に銘じて了解している。

『ブリタニカ国際大百科事典』

67　怒りをば喉に抑えて地団駄を踏みたるのちはフッーに歩く

『多く日常のうた』

ここのところ高橋良『斎藤茂吉からの系譜』という評論集を読んでいる。その第四章「茂吉から佐太郎へ」のなかで、佐太郎の、ひとときの憩のごとく黒豹が高き鉄梁のうへに居りけり　『歩道』

の一首をとりあげ、以下「象徴」と「写生」とについて考察している。引用すると、

（前略）佐太郎の「黒豹」の歌について、山口茂吉は「この歌などは写生をどこまでも実行しつきつめていて象徴の域に達してゐる」（『互評自註歌集　歩道』）と評している。

では「象徴」とは何だろうか。写生の歌と一括りに言っても、その中に実は象徴とも言える詠み方があるということだ。その詠み方は、ドキュメンタリー映画の作り方に喩えられよう。他者を取材し、ありのままに見て、恣意的な配置で映す。そこに直接的に作者の姿は現れず、作者の感情も入ってこない。

「私」が前面に出てくる「私小説」に似た写生とは違う。黒豹の歌に「われ」や「わが」はなく、「かなし」などの感情語も、「見る」などの行為を示す言葉もない。しいて言えば「居りけり」に詠嘆が見られるが、ドキュメンタリー映画で言えば、言葉も音もない間合いにあたる余韻にあたるだろう。

これに比しつつ、奥村のこの歌を見ていく。奥村の短歌論、ただごと論による歌のつくりは、①描写・叙述の歌、であり、②時時刻刻と移りゆく、情《こころ》の流れをそこにあらわす、③それについて、感情の形容（かなしい、嬉しい、等）を用いるので無い。描写のなかで情が表わされる、それは抒情の復権であるともいう。高橋の「写生」概念でいうとそれは「私小説」に似た写生、ということだろうか。では、奥村のいう「描写」というものは一体何かと、そこに突き当たる。

この一首は「怒り」の表現であり、そこがスタートと述べている。そしてそこからの情の変化を「描写」していると取れる。だが、そこに佐太郎の歌にみるような洗練は感じない。ごたごたとした描写のなかに不意に現れる「フッー」の語の不思議さ。どこか蔑しているような、でも平べったくそれも「見ている」ような「フッー」。ある種自らへの戯画化とも取り得よう。

68　包丁で切りしキャベツの断面を嘴《はし》でつつきて雁金《かりがね》が食う　『多く日常のうた』

奥村は「描写」という、ではその描写というのは何を示すか。いかにも奥村らしい一首ではあるが、この第十二歌集からの掲出歌の最後にあげる。端的にいってしまえば「視覚（見ること）」のみならず「動作を写し取ること」こと。だからそれは「生を写し取る」といえば「写生」の語の語義にもかなうが、しかし「生」という、些か高踏的にも響くそれでもなく、又それが更に洗練された「象徴」へも向かうことはなく、というのが、奥村の「描写」概念であろう。それ故、奥村は文明の「写実」へと、傾きを覚えるのだろう。ただ、奥村そのもの、それ自身としては多く感じ、又「たぎち」の人でもあるから、ところどころに「己の投入」ともいえるものが垣間見られる。それが「動作」及び、そこで選ばれる「動詞の力強さ」「強度」というものである。

一首で採り上げられた動作のうち「切りし（切る）」「つつきて（突く）」というのは、強い動作である。いわばそこにそれを見ている奥村の情の動きが現れているのだ。それゆえ「描写」といえど、そこには情や、ある種の「徳」がにじみ出る結果となる。雁金の生きるが故の動作、それとそこに心を寄せる、そこになんともいえぬ温もりを感じる。この一首に関しては「包丁で切りし」この「包丁で」が、蛇足のようでいて、その丁寧さが効果を生んでいることも見逃せない。

69 青草は生きているのに掌《て》に圧せば冷たしわれは腕立て伏せす　『青草』

ここより第十三歌集『青草』（柊書房）。二〇〇九年（七十三歳）から二〇一一年（七十五歳）七月までの四五〇首を収める。歌集の書名はここから採られているのだが、一読すると、奇妙でもある。初句二句「青草は生きているのに」というのは、作者の認識だ。削ろうと思えば削れてしまう箇所、奥村の歌でなければそこは削って、例えば私ならば三句以下の内容を今少し精緻にしていこうとか考えるだろう。

そして、四句から結句にかけての「われは腕立て伏せす」。この部分を几帳面に明かすのも、奥村の歌らしい。運動しながらの思惟というのは、意外とあるものだ。単純な動きの繰り返しである、腕立て伏せなどは特に。

青草という、草木との交感のようなものが描かれている点で、スピリチュアル、情をこえた精神的なるものへとの越境も垣間見られる。そこにおいて、自らもまた掌《て》という、部分で捉えられる。モノ化するところ。この即物的なところは、やはりただごとの鉄則、ものを描写するという流れに沿っている。わたくし、というものも、一つのモノであり、そのモノとモノとの交感が、精神世界への越境に踏み出している。思い出したのは、谷川俊太郎の『コカコーラ・レッスン』の「針葉樹との交合は何度か経験したが、羊歯《しだ》類との交合は初めてだった。名は何と言うのか知らない。知りたいとも思わない。それが湿った地面の上で、僅かな風に首を振っているのを見た時、私は言語を持たぬ生物にも或る種の自己表現とも言うべきものがあるのに気づいた。」から始まる詩（「交合」）だ。谷川の詩がデタッチメントの裏返しとしての綿密な、言葉による描写の繰り返しだと捉えるなら、奥村のそれも一瞬、それと交錯する問題を孕んでいたのではなかろうか。

70　あどけなき黒人少年マイケルが色白のマイケル・ジャクソンと成る　『青草』

歌集『青草』の歌が詠まれたころ、奥村はマイケル・ジャクソンの存在を知ることになった。それはマイケル没後のことだ。ともかく、大変な熱のいれようで、集中には「マイケル・ジャクソンに捧ぐ」「マイケル・ジャクソンを悼む」という連作が並ぶ。中には些か「行き過ぎ」感のある歌もあり、抑制の効いたこの歌集のなかにあって異彩を放つが、掲出歌は、恬淡とした味わいがあり、ただごと、ただそこに放り投げられた一首に感じられ、却ってマイケル・ジャクソンへの謎が深まるのだ。ところで、何故、奥村はマイケルにはまりこんだのか、私の邪推になるが、

一、スーパースター。パフォーマンスに徹したエンターティナーとしての一面
二、唯一無二の、オリジナリティ
三、その、謎多き生涯、理想主義
四、虐げられたものと、闘争、そして周囲の「無理解」
五、悲劇性、その最期

いわば、そうした存在に奥村晃作という人間は、惹かれるのではなかろうか。一方で、無名でありながら、その生涯を一途に、一芸という、そこに尽した人間にも思いを寄せる一面もあり(日本人初のイコン画家、山下りんの生涯を歌に詠んだように)、一概にそればかりとは言えないのだが。ともかく、奥村の「過剰」なところと、その人物の「過剰」が響き合う。掲出

歌のような静かな一首でも、その裏側にはどくどくと通う血の流れがある。淡々・平板な歌を詠み通すには、人間の地の強さ、そこが無いとどうにも上手くは行かないものだ。

71　砂に水染み入る如く読みたりき『イワンデニーソビッチの一日』『青草』

奥村晃作の歌集を辿ってみて、この第十三歌集『青草』は中期の、いわばボトルネックのような一冊かと感じる。即ち、

第一歌集『三齢幼虫』から第三歌集『鴇色の足』までが初期
第四歌集『父さんのうた』から第十三歌集『青草』までが中期（論作、やや論強し）
第十四歌集『造りの強い傘』から第十九歌集『蜘蛛の歌』までが後期（再び歌へ）

中期の論に関しては二〇〇六（平成十八）年『ただごと歌の系譜』で一区切りをなした。そこから歌作へと再び移っていく、その充実までにはそこからやはり五年余りを要したと言える。『青草』は初期の歌の、緊密な構造を取り戻した、声調の落着いた歌が多く、ここで一旦確りと落ち着きと収まりを経て、論よりも作への傾きを取り戻していったものと見ている。

さて、この一首、『イワンデニーソビッチの一日』は旧ソ連の作家、ソルジェニーツィンの作

品。奥村のロシア文学への傾倒というものは、その性向・資質もあろうが、師・宮柊二の影響、学環境に依るものが大きかったと推察する。奥村の出た東大の経済学部といえばマルクス経済学で有名だった（現在は寧ろ、縮小傾向にあるらしいが）。奥村が耽読したのはドストエフスキー（「悪霊論」で「群像」新人文学賞に応募・予選を通過している、一九七一年奥村三十五歳の折）がまず挙げられるが、ソルジェニーツィンについては『三齢幼虫』の、次の二首が浮かぶ。

生徒等に今朝語るべしソルジェニーツィンの著作ぎつしりと鞄に詰める

金大中ソルジェニーツィンを記しおけ魂少しも屈せざりしを

ちなみにこの時の連作のタイトルも『青草』のこの、掲出歌が収められた連作のタイトルもともに『ソルジェニーツィン』とある。掲出歌の「砂に水染み入る如く」というのは、時を経て得た、奥村のソルジェニーツィン観の変化とでもいうべきものか。

72　沈む日が富士に食《は》まれて欠け行くを赤塚七丁目路上に見守《まも》る　『青草』

正調とでもいうべき一首。しかしながらよく考えてみると、沈む日が欠けていくほど、板橋区赤塚からながめた富士が大きかった、のだろうか。してみると、これは些かの形式美に寄せた一首ともとれ、構成された一首である。この一首の妙というのは、三句目「欠け行くを」の助詞「を」にあると私は読む。また「食まれて」の「はまれて」という音、特に「ま」の音が結句「まもる」と響き合っている。

これもまた奥村短歌、叙述の歌である。この、述べて行く手法にも、円熟というものはあり、この一首などはこの後の歌集、特に第十八歌集である『象の眼』において、大きく結実する、言葉のコクとでもいうべきものがある。例えば同じ、落日を詠んだ61の歌と比しても、いわば静と動、躍動と鎮静といった趣を感じるのは私だけでは無いだろう。いずれが良いというのでもない。「下から徐々に」という、気づき・認識で固めるのも奥村の歌ならば、こうした、述べ倒すところに硬質で、緊密なことばの交響を楽しむ、些か自らの感慨を慈しむかのような、それも奥村の歌だ。そこを動かす動機として、好奇心というものが働いているのも、特色であるといえるだろう。例えば叙述の歌として奥村がかつて採り上げた、土屋文明の歌と比べてみても（晩年の『青南集』などとも）奥村の歌の多くは、好奇のこころから生まれ出ていることに気づかされる。

73　「ありがとう、奥村さん」がわが友の最後の言葉、病室に聴く　『青草』

一連「眠れ黒崎善四郎」冒頭の一首。黒崎善四郎という歌人が居た。松坂弘、奥村晃作、そして黒崎善四郎。この三名をもって「江戸時代和歌」が創刊されたというくだりは前出の通り。黒崎については、私は板橋歌話会という場で接していた。会は「樹林」の大坂泰を代表として松坂・奥村・黒崎の三氏、田島邦彦、三井ゆき、宇都宮とよ、寒野紗也、石川幸雄、小野澤繁雄、宇田川寛之の各氏。他にも多数の諸先輩方。私も幾度か発表した。

大坂代表は、歌と柔術・教育の場でも要職を勤めた方で、実におおらか。それでいて、発言はしみいるものが多かった。松坂は穏やかに、しかし深い教養に裏打ちされた、切れ味のある歌の読みで非常に勉強になった。奥村は、いつも通り。

そして黒崎善四郎。この方は口が悪い。のだが、様々な苦労を重ねた苦労人（と、私は奥村から聴いた）。実にこころに残ることを言われた。私が会で中村憲吉について発表をした際に、皆が好意的に受け止めてくださったところ、一人怒り出し、

「なんだ、アララギなのに憲吉とは。やるなら茂吉・文明をやれ！」

若かった私は驚いたが、ともあれ、そういう方だった。しかし、会の終りに自らの歌集『霧生るる町』を「これ、ちょっと旧くなっちゃったけど」とはにかみながらくださった。そういう方でもあった。

黒崎善四郎については『介護5　妻の青春』という歌集もあり、それにも触れたいが、ここ

では割愛する。松坂・奥村・黒崎。この三氏の友誼は傍から見ていても強いものを感じさせた。『青草』は全体として、ただごと歌集でもあり、同時にまた、心に沁みる歌が多い。

この一首、発語の引用から入り、ぬくもりを感じさせつつ、それが友の最後の言葉、それも病室での、とダメ押しをするがそこが「静のダメ押し」であることに感じ入る。

74 閖上《ゆりあげ》の小丘《しょうきゅう》に立ち基礎のみが残る一面の平地《ひらち》見渡す 『造りの強い傘』

ここより第十四歌集『造りの強い傘』（青磁社）に入る。前歌集『青草』につき、私はボトルネック的な、と書いた。それは所謂「難所・障害」の意味もあったが、私が意味したのはそこまでの、若干雑駁とした歌の拡がりというもの、面白い・だが面白すぎる歌に傾いていた奥村の歌を今一度、引き締め、筋肉質な響きを取り戻す、その営みを示す言葉として。その成果としての『青草』は実りある歌集となり、結果としてこの第十四歌集から、私の言う「後期奥村短歌」の世界が滋味深いものとなった。

掲出歌、二〇一二年前半の作品のうちから。前年の東日本大震災。「見て・取材し・詠む」歌人である奥村晃作、宮城県名取市閖上の地を訪れた。閖上は名取川の南側の地域、港町である。

「小丘」とあるのは現地にある「日和山《ひより》」という、高さ六・三メートルほど。日和富士といわれ、神社があったがそこも震災による津波により、流された（現在は新しい社が建てられている）。この一首を思うと、私は前歌集にて、今一度硬質な詠みぶりを取り戻した奥村の詠みというもの、描写に徹し、叙述に徹したその詠みが、重く、厚みのある歌に結実したのだと感じる。

ここには閖上の地を直に訪れ、そこで見た光景に触れ、空気に触れ、人に触れ、驚きを禁じ得ない奥村のその、情《こころ》の震えが伝わってくるようである。結句「見渡す」という語の斡旋も深みを得ているのではないか。

75　いわき市の湯本駅ちかき「海幸《かいこう》」の刺身の肉の旨さ忘れじ『造りの強い傘』

二〇一二年後半の作品から。七月十五、十六日（奇しくも十六日は私の誕生日であった）に、歌の友の案内を得て、奥村晃作、風間博夫、私の三名は福島県いわき市を訪れた。そして、現地、海岸沿いの地域や住宅事情（住民の方もおられるので遠くから）危険地域の近くまで車を走らせて、たどり着いたそこでの放射能値を簡易機器で調べたりもした。奥村からは常に「実際に動いて、見て、歌にすること」と言われ続けて居た私ではあったが、まさしく、その光景に、圧倒された。歌集には以下のような歌が並ぶ。

原発の作業所行きのバスに乗る人等の車が次々入り来

バリケード封鎖地点で警官がUターン命ず　人に車に

楢葉町の旗立つ仮設住宅が一番多いいわき市内に

そして掲出歌であるが、いわき市を訪れた我々三名。まずは腹ごなしをということで、タクシーの運転手にお勧めの店を尋ねたところ、「海幸」の刺身定食がいいと。私と風間が、刺身、どうだろうと言うなか、奥村は一言「うん、行こう」と。そして、その刺身定食がボリューム満点、なんとも旨かった。歌集中次の一首も（私には）忘れがたい。

メヒカリの揚げ立ての白き柔ら身の旨さ言い合い昼の酒飲む

しっかり満腹になり、帰りがけ「大丈夫、だったでしょうか」と、それでも訝る私に、奥村は「今井君、君も食べたろう。あんなに旨い魚が汚染されている訳が無い。大丈夫だ」。そしてそれから十余年が経つが、三名とも、歳とともにガタは来ているが、その影響は微塵も無い。とにかく、旨い魚と酒。あたたかいいわき市の人々の対応に心励まされた旅人吾らであった。

76　小さな子、歩幅狭いが歩《ほ》の速く手つなぐ母に遅れずに行く　『造りの強い傘』

奥村の歌について、自らも「気づき・認識・発見の歌」と述べているところから、どうしてもその「外見」或いは「知覚的な摂取」という面が印象に残る。そして、多くの「ただごと歌的」なものが生まれる。そして奥村自身もそうした「ただごと風」の歌の数々を賞賛し、寧ろ時代はそちらの方角に向いていているようにアジテートすらする。

しかしながら、その多くは確かに「気づき」「認識し」「発見」しているものの「ただごと歌」か、「現代ただごと歌」とまで言い切れるかというと、そういうものではない。これは奥村自身がかつて言った、自らの歌の立場を「抒情の復権」とまで書き、述べた、その志とでもいうべきものに反するとすら言える。

この一首、子どもがいて、それは「小さい」という認識、歩幅が狭いという「観察」、しかし「歩く速度が速い」という認識・観察が来て、ここまでは気づき認識で押せるものだろう。だが下の句「手つなぐ母」に「遅れずに行く」はどうだろう。ここには一貫した「奥村晃作個人の情《こころ》」というものが働いていることが透けて見える。ここに、子と母との交感、そして交歓というものが描かれている、叙述の手法により、あくまで哀しいとも切ないとも愛おしいとも言わない、詠まない。

この師の歌がベースにあったか分からないが、私にも以下の歌がある。

子は母を幾たびも見上げお互ひを確かめるごと道をわたりぬ　　今井聡『茶色い瞳』

私の方は多く主観に依っているともとれ、そこは作りの違いもある。私は「まなざし」、奥村は「歩み」。この辺りにも違いはあると言えそうだ。前者は多く「心理」に、後者は「行動」への傾きを生むからである。そして奥村は「母―子」の関係に縦軸を置き、私は相互の「横軸」を見ている。

77　折り畳み傘で造りの強い傘拡げて差して吹雪く道を行く　『造りの強い傘』

折り畳み傘と一口に言っても、そこには色々な切り口があるだろう。色、長さ、重さ、値段。しかしながら大切な要素、それは傘を差したとき風雨に負けてしまわない、その強さにある。この一首、間違いなく歌集名に繋がった一首。だが、この言い回し「造りの強い傘」というところに、何とも言えない「奥ゆかしさ」のようなもの、匂いを感じる。気づき・認識で「強い傘」と言い切らない。あくまで「造りが強い」のである。そのくぐもりのようなもの、そこに実は「情《こころ》の動き」がある。奥村は決して、美的・抽象的なものに対する感度が、全く無い人間では無い。図らずも、この歌集中、横山大観展を訪れた際の一首に私は目が行く。

具象より抽象の絵に惹かるるは何故だろう小品の大観の富士

また「吹雪く道を行く」というところに、私は奥村の一貫した「ひたむきさ」あえていえば

「愚直さ」を感じる。奥村はどこまでも直進のイメージがある。舟虫も、自動車も何も、奥村は直進するものに目が行きやすい人なのかもとすら邪推してしまう。この一首の表現的な妙といえるのは助詞「て」の繰り返し。これだけ表現的に稚拙なまでに見える構造を採りながら、一首として叙述の歌の強さと良さ、歌のコクとでもいうべきものを生んでいる。この歌集において、奥村晃作は後期とでもいうべき、自由闊達さを取り戻している。但しまだ、その筋肉質で、定型遵守のかたくなさまでは解けて来ていない。これが『象の眼』に至るころになると、奥村曰く「必然の字余り」を伴いながら、韻律・調べのうえでもより滑らかな詩質を獲得するに至るのである。

78　生卵肉に掻き混ぜ紅ショウガ添えて吉野家の牛丼を食う　『造りの強い傘』

こういう歌を、例えばどう評価するのか。ただごと歌はすこし気を抜くと、ただの歌になってしまう。だが、そのすんでのところで、まるで朴とした光を放つような一首もある。私は牛丼の歌というと、はからずも萩原慎一郎の歌を思い浮かべる。

ぼくも非正規きみも非正規秋がきて　牛丼屋にて牛丼食べる　萩原慎一郎『滑走路』

萩原の歌にはまだ何かがある。訴えるものがある、それが響く。非正規という現実、秋という季節、牛丼屋にて牛丼のリフレインと、オートマティックな感じ。

だが、どうだろう、この奥村の一首と並べてみると。奥村の一首にはもう、訴えかけるものは無い、ように見える。奥村は丹念に生卵を掻き混ぜ、紅ショウガを添えて、牛丼を食べているだけだ。吉野家の。でも、この、対象に接近し、ひたすら述べ倒したこの一首の、へんな優しさは何だろう。奥村は後の歌集で萩原慎一郎の死を悼み、刺激的ともいえる歌も残しているが、私はこの、牛丼を介した歌の邂逅というものに、寧ろ、奥村の寛容さというものを思う。

無論、萩原が亡くなるのは、この歌の数年あとにはなるのだが、そうした時間軸は抜きにして、私はこれは、時を超えた、なにかしらのエールに思えてならぬ。奥村の歌は時にアジテートし、だが、根底に於ける、人間賛歌的な側面も持っている。まつぶさにみれば、一杯の牛丼も生卵も紅ショウガも、輝きを帯びるのだ。

79　四十四歳同士の婚ぞ　甥っ子の初婚、晩婚、ラブラブの婚　『造りの強い傘』

この歌集からの歌の掲載もここで終いになるから、明るい歌を挙げる。もうただ、読むだけで言葉が弾んでいる。二句目の「ぞ」がどうにも可笑しく、そこから「初婚」と来て「晩婚」と来る。ここで奥村の気づきというか、結婚観のようなものが不意に出る。結句「ラブラブの婚」ここまで平俗な言葉となると、最早奥村以外に現代短歌で使いこなす人はそうそう居ないように思える。即ち、当人同士が思い合っていて、そして愛し合っているのならば、それで良いでは無いか。自分で四十四歳だ、初婚だ、晩婚だのと詠んでおいて、最後にひっくり返す。私はここに、奥村晃作という人物の一つの思考の型というか、ひいては生きざまにも繋がる何かを見いだしたように思える。

即ち、まず事実認識が来る、そして社会認識が来る。そして、でも、とどのつまりはヒューマニズムに帰着する。このヒューマニズムというもの、掘り下げてみると、その命脈は人間性の解放というものに繋がる。奥村は体制的ではない。が、その「抵抗」があくまで「個」に根ざしているところが面白い。容易に群れないというか。私は奥村のもとで二十年ほど歌を学んできたが、奥村に「ただごと歌」を引き継げだのなんだのと、口うるさく言われて来たことは無い。そこは各々の「人間性の解放」であり、そしてその根本には、奥村の歌の始まりにあった「心と体との乖離」からこころ・情《こころ》なるものを取り戻そうという、その為に「歌を詠む」、奥村にとっての人生必須のテーマがある。或る人は同じ「心と体の乖離」の超克に、スポーツに励んだり、楽器を演奏したり、絵画や書をかいたりする者も居るだろう。だが、奥村は歌であり、歌しか無いのだ、という切なる願いである。

80　煮込みたるカニ味噌おのず味が濃く和酒啜りてはカニ味噌食べる

『ビビッと動く』

ここより第十五歌集『ビビッと動く』（六花書林）、二〇一四年から二〇一六年前半までの歌三二〇首を収めるとある。掲出歌は歌集はじめの一連「若松葉蟹」より。蟹のうた、これは奥村が執拗に詠んで来た素材でもある。以前は「タラバガニ白肉ムシムシ」などといった言葉も出たが、この一首は妙に静謐な、造りの細やかな一首となっている。連作には次のような歌が並ぶ、いずれも描写の力が働いている。

鳥取の松葉蟹の子生きながら箱詰めに五尾送られて来ぬ
松葉蟹八本の脚折り曲げて身を熱湯の鍋に押し込む
味噌を食い蟹の体の肉を食い十本の脚の筋肉《すじにく》を食う

奥村の作品にはリフレイン、繰り返して強調する手法がよく使われる、これもその一首。だが、そこ（「カニ味噌」「カニ味噌」のリフレイン）を殊更に強調することなく、伸び伸びと、しかし細やかな配慮が働いた語の斡旋、「味が濃く」「和酒啜りて」など。ここへ来て、自らを

「情派《こころ》の歌人」として「言葉派の歌人」とは一線を画すと発言してきた奥村の、その歌も言葉の鎧を着けるように至ったというか。ただ、コテコテの言葉尽しにするのではなく、ほんのりと効かせる。この一首などは良く成功した一例とも言える。

81 なんとまあひょうしがわるいポロシャツの胸、背あべこべに街歩いてた

『ビビッと動く』

少し肩の力の抜けた一首を挙げる。「ひょうしがわるい」とは南信州（飯田）の方言で「ばつが悪い」といった意味。飯田の方言を話す奥村を私は知らないが、なんともあたたかみのある言葉と感じる。信州の表現は語頭のイントネーションが高くなるのが特徴とか。そういえば奥村は歌の話で昂ぶってくると「才能が」というところ、「さ」のイントネーションが高くなっていたなと今更ながらに知る。あれは信州方言のイントネーションであったたか。掲出歌、特に工夫を凝らしては居ないようでいて、下の句、「胸、背あべこべに」「歩いてた」という、くだけた表現が、多少ぎくしゃくはしているが、くつろいだ、ラフに描かれた印象の一首と感じられる。同じ一連の次の歌も味わいがある。

ねやねやの人混みだった「リンゴン」の、囃して踊る飯田の祭り

これにも解説が必要だろう。「ねやねや」とは「混んでいること」を表わす言葉。分からないのは「リンゴン」で、これも調べてみた。南信の飯田は、地域的には遠州や尾張の影響も受けていて、信州の小京都と呼ばれたところだと、私は奥村から聴いた。芸能も大いに栄え、「リンゴン」というのは曲、振り付けも市民が創りあげたものだそう。獅子頭、あばれ天竜、といった舞いを「りんごん、りんごん、ほい、おいな」というかけ声とともに踊るそうだ。掲出歌はどのようなシチュエーションで詠まれたのかは知ること叶わないが、ふるさとを訪れた折に、ふと「気の緩み」で胸、背あべこべに着てしまったのだとすると、それも面白いか。

82　緑金の背美《せな》しきコガネムシ葉に載って食うヒメリンゴの葉を『ビビッと動く』

奥村の歌、とりわけて小さな植物や生き物を詠む歌、その歌が独自の光彩を放ってきたのも、この歌集辺りからであろうか。「緑金」という語の斡旋には無論前例がある。

春晩《おそ》く五月のきたる我が郷《くに》や木々緑金《りょくきん》に芽ぶきわたれる

宮柊二『緑金の森』

宮柊二は五月の木々の芽吹き、それを緑金と詠み、奥村晃作はコガネムシの背中のつやつや

としたその色合いを緑金という。宮柊二の歌の拡がりと思索的なところ、やや抽象に片脚を踏み込んだところ。それに比して、あくまで接近し間近くに見て「観察」に徹した奥村の歌。そしてこの一首は、そのコガネムシがヒメリンゴの葉を食べている様子を捉えている。小さな生き物が捕食をする様、なぜかはっとさせられる。食べる事は、本来厳粛な行為、だからであろう。そのコガネムシの、静かな食事を奥村は見ている。見て歌にする時、奥村の頭の中には無論、その師の歌、乃至歌集の名はすり込まれていたであろう。

悲しみを窺ふごとも青銅色《せいどう》のかなぶん一つ夜半に来てをり　　宮柊二『小紺珠』

もっとも宮柊二はかなぶんの色を青銅色と詠んでいる。『小紺珠』は三十代の前半、『緑金の森』は六十代後半の歌を収める。奥村の脳裏には、柊二晩年の姿、その歌が記憶に立ちのぼったのかもしれない。

83　安産と子育てを願う人等待つ手児奈霊神堂にわれも手合わす　『ビビッと動く』

連作「手児奈霊神堂」の終りの一首。一連は千葉県市川市の弘法寺、ならびに手児奈霊神堂を詣でた際の歌が並んでいる。真間の手児奈というのは、伝承に、真間の里に手児奈という、美しい娘が居り、数多の男性から求婚をされ、それを苦にされたか、真間の入江に身を投げてしまわれた。万葉の歌人である山部赤人が、

われも見つ人にも告げむ葛飾の真間の手児奈が奥津城処

と歌に詠んだことから有名になった。弘法寺の守護神はこの手児奈霊神であるとされ、霊神堂には良縁・安産・子育てといった願の成就を願う人々が詣でるもの、とされている。

そこで掲出歌。こうしたことは割によくある。女性と行動を共にして、神社仏閣を巡った際に、気がつけば安産の神に手を合わせたり。それはそれとして、霊験は他にも及ぶであろうから、それ一択でも無いでしょうからと言いたくもあるが、奥村には気になる。いや、どこまで気にしているのかは知らない。が、細かく説明的活写に徹した四句まで来て、結句「われも手合わす」に、そこはかとないペーソスが漂う。こうしたものを神社仏閣の「同調圧力」とでも呼ぶのだろうか、私は知らないが。

84　スティックに切りしニンジン分け持ちて子らは腹ペコ山羊へと向かう

『ビビッと動く』

この一首は、まるで一時期流行った「ヘタウマ」をみるような歌だ。初句「スティックに」がヘンだ。どことなくカタコトのカナ交じりの日本語。そこから「切りし」の「し」もヘンだ。奥村のここまで詠んで来た、口語新かなであれば、次のようにも詠める筈だ。

棒状に切ったニンジン分け持って子らは腹ペコ山羊へと向かう

だが、この私の改作？を奥村作と並べてみよう。

棒状に切ったニンジン分け持って子らは腹ペコ山羊へと向かう

スティックに切りしニンジン分け持ちて子らは腹ペコ山羊へと向かう

改作の方は、最早輝きを失った、乾いてしまった刺身のようだ。それに比べて「スティックに」の方は妙に瑞々しく、鮮度を保っている。とにかく「スティックに切りしニンジン」はおかしいが、これこそ、実景に即した感動を詠まれた、現場の空気を伝えるのに適した表現、なのだろうか。故に、それを受けての「子らは腹ペコ山羊へと向かう」の異様さも、もはやさして気にならない。子らと腹ペコ山羊とのヴァーサスといった風情である。何故だか、闘いにも似た、それでいて遊びのような、活き活き、ウキウキとした子どもたちの足取りが感じられるのだ。

85　シロクマは白、エゾヒグマの体は黒、パンダは白に黒が混じれり『八十の夏』

ここより第十六歌集『八十の夏』（六花書林）に入る。私の好む画家のひとりに、モーリス・ユトリロが居る。パリの風景画、緻密なそれで有名だが、その晩年の画はまるで異なり、色も多彩となり、まるで子どもの落書きのよう、でも、ふと、こうした画をちょっと部屋に飾ったら素敵だろう、そう思える画をかいたひと。

奥村の歌は軽いところは愈々軽妙洒脱、そして重い歌はかちっと動かぬ歌。この辺りに定まったのか、この歌集の編集の妙か。実に味わい深い歌集となっていて、私はこの辺りの歌集を読むと、こころはくつろぐ、人間まんざらでもないくらいにも思う。

そういう意味ではこの歌に付け加えることはあまりない。ただ同じ一連の歌がどれも面白いので、数首あげておく。

　十階のビル屋上のその縁《へり》にサルは平気で坐るであろう

　ゾウを見てゾウさんと呼びトラを見てトラさんとふつう人は呼ばない

掲出歌、結句だけ妙に「短歌短歌」しているところが面白く、もう「混じれり」じゃないでしょ師匠と言いたくもなるが。本当に観察して詠まれたのだと思うと、なぜだろう、私のこころの奥に届くものがある。言葉には尽くせぬ感情。

86 ヒメダカも死んでゆくのは大変で器《き》の底に寝てヒレを動かす『八十の夏』

奥村の家にてメダカを育てているのは、慶子夫人であり、それはこれまでの奥村の歌集でも詠まれてきた。観察の眼をもって、メダカの様子をつぶさに捉えた歌であるが、この時に至って、些かの感慨を添えている。奥村の老いの歌というのは、まず身体について捉えたものが多い。認識の歌としては、その「身体の・機能の・衰え」というものが前景に立つ。この歌は慨嘆→観察の道筋を追っているが、現実にはそれは逆で、下の句の観察→上の句の慨嘆・認識に至る。この歌の形は成功していると見て取れる。下の句の観察がより、厳粛な締まったものと感じる。厳粛でありながら、どこかに救済の感がするのは「寝て」という語の斡旋によるだろう。これが「器の底につき」などとするとより観察に則ったものとも取れるが、この「寝て」でヒメダカの命を包む、なにかあたたかな眼差しを感じる。そしてそれは奥村の視線というよりは、奥村のうちなる、奥村を超えた視線のようなもの。個人のそれは「ヒメダカも死んでゆくのは大変だな」止まりで、下の句の描写、更には「寝て」という、そこに表わされているもの。私はふと、ラカンのセミネール『精神分析の四基本概念』の終りの「君の中に、君以上のものを」というくだりを思ったりもした。

87 江戸川の岸辺に立ちて渾身の叫び繰返す女を見放く　『八十の夏』

奥村の歌は観察の歌、実地の歌であり、謎めいている歌はそう、多くは無い。がこの歌は妙だ。渾身の叫び、というのが分からない。発声練習というのでもなさそうだ。ではやはり、心のボーダーを突っ切っていった、そういう方なのだろうか。しかし、それに対する奥村の描写というか、それは冷静なものである。だが、それを歌に刻印する。

渾身の叫びというところに、だが奥村は若干の「心寄せ」をしているように感じる。誰もが、一歩間違えると心身を病む時代、ではある。八十を迎えた奥村の視線は、叫びを繰り返す女を如何に捉えているのか。女を狂であるとすると、それを奥村は遠く遠くに見ている。あたかも、自らの心の苦しみ、それは主に青年期から壮年期にかけて、『三齢幼虫』『鬱と空』辺りに顕著であったが、そのような一歩間違えると、といった状況、自らの内なる狂、その強い熱源のようなもの、それらが過ぎ去っていくのを見ている、とも取れる。穿ちすぎでもあるが、ここまで奥村の歌を私なりに追ってきて、そのうえでの感慨ではある。しかし、苦しんだ奥村の鬱ではあるが、職業生活を離れて、歌のみに専念できる生活になった途端、それは消えたと、本人から訊いた。この、渾身の叫びを繰返す女人にもいつかそのような、苦しみの少なくなる日が来るのかもしれない。

88　自分なら投げるべき碁を投げないで最後まで打つ相手に負けた『八十の夏』

奥村の趣味はクラシックギターと囲碁。囲碁はよく神保町にある学士会館へ打ちに行く。初段の腕前らしいが、三段、四段といった上手の方々に混じって打っているらしい。斯くして囲碁もまた、歌の対象となる。奥村はあまり人生訓を歌に詠み込まないタイプの歌人かとは思うが、囲碁となると、途端に勝負譚というか、その類の話が出てくる。この歌に表わされた、妙に爽やかなような、同時にじくじくともした触感のある慨嘆は何だろう。私は囲碁も将棋もしないが、勝負事を楽しむ人のこれは共通の慨嘆なのかもしれない。即ち「勝負を最後まで、投げないこと」。この歌集中には「学士会囲碁会」「高七囲碁会」の一連もあり、以下のような歌が並ぶ。

敗北を認めると言い投げもせずわが手緩みて数目の負け

負け碁だと思い並べて数えたら一目の勝ち、運が良かった

チマチマと打つのは止めてよい大場、大場と打ちて勝ちを得たりき

まるで童心にかえったかのような、素直な感慨。けれどそれが八十翁となった奥村の精神世界の一端らしい。掲出歌もそうだが、ただごと歌、現代ただごと歌の「老いの歌」の一つの典型、「単純化」といったものを示しているようにも思える。

89 クリアをしクリアし生きを継ぎ行けばあなたもじきに八十となる　『八十の夏』

　この歌集からの引用・掲出歌はこれで終いになる。この時期の作者に顕著に表れる、水鳥に関する歌など、採り上げたいトピックではあったが、老い・境涯を詠まれた歌、なおかつ、どこかとぼけた味わいのあるこの歌を取り上げることにした。「クリアをしクリアし」という、そもそもそれは何だ。私が思い浮かべたのは、ゲームのそれである。一つ一つ、ステージをクリアにしていく。乗り越えていく。そこから急に「生きを継ぎ行けば」と厳めしい表現の様を示す。「生き」という言葉、宮柊二に「生の証明」とあるように、それは生きること、生き続けることの、かけがえのなさを示した言葉かと思うが、奥村のそれは実にあっけらかんと、オートマティックな生の一面を照らしている。気づいたら八十だったという。そしてそれを自ら示すのみならず、あなたも出来ます、なりますよ、と示すのが如何にも奥村らしい。

　ただここまで表層に徹した老いの歌となると、その実、なにか差し迫ったものが、裏にあるのではないか。思って次に出た歌集名を見ると、ああ、と思う。この力の抜けぶり、といったもの、明解さというものは、若者らの口語定型短歌にも通ずるものを感じる。何かを突き抜けていった後の、それでも続いていく日常・生き、というものをヘンに感慨深くもない、平べったい叙述の力で斯くもピタッと詠み果せた。果たして私がその歳まで生き得たとして、この奥村の感慨に至るとは到底思えないが。

90 正確に刻んだ結果十ミリの女人立像ジャコメッティの　『八十一の春』

ここから第十七歌集『八十一の春』（文芸社）に入る。満八十一歳からの一年の歌を収めた、二〇一七年〈後半〉に始まり、二〇一八年〈前半〉に終る。四〇九首。定年を迎えてから顕著であるが、奥村は種々の展覧会に足繁く通い、その作品を歌に表すということを繰り返している。なかには描写に終始する歌も多いが、このジャコメッティ展の二首、もう一首の方もジャコメッティの「神《しん》」というものを思わせて居る。

極大と極小怖れ一メートルに決めて刻みしあまた女人像

掲出歌の面白さはその寸尺にある。歌の表記の短さ、恐らく十ミリちょうどでは無かろうが、歌として、余分な「かな文字」のひらきを避けて、かっちりと収めたところ。ジャコメッティほどの神経質とは言えぬが、奥村のフォルム厳守というもの、ここには奥村の性《さが》というものも、些か現れていると私は見ている。かくいう私も、そのような性を持つ。読む分には字余りの歌、自由律の歌も素晴らしいと思うが、詠むとなると話は別だ。しかしこの歌にしてみても奥村節は強烈で初句「正確に」なにをもって正確に、なのか。そして「結果」と言い切る。でもそれが何とも、ジャコメッティの持つ作家性、強い拘りというものと響き合っていて興味深い一首となった。

91　大きな雲大きな雲と言うけれど曇天を大きな雲とは言わぬ　『八十一の春』

この一首を読んで、奥村の気づき・認識の歌というものも、その鋭さの面というより、老年の作者の目が見、感じたままをそのままに提示する歌に変わったように感じた。同内容をもう少しテクニカルに提示することも、恐らく昔日の奥村ならばしただろうとは思う。だが、この気づき・認識は、満八十一歳を迎えた奥村の現時点でのそれであり、それを歌の形として提示するとこれになる。「大きな雲」賛歌というか。

緩やかに始まり、終りも静かに。無論変わった歌ではあるが、そこに奇矯さを伴った「媚び」は一切無い（これまでもそこはあまり感じなかったが、ここに於いて一層）。字が全体的に余っているのだが、それこそ雲のようにふわふわ。そして、これまでの奥村文体より、ややゆるやか、ややソフトな印象は次の『象の眼』の歌群に触れて、それを強くした。いわば「過剰」に過ぎ、ある種の「固さ」を免れなかった、奥村短歌の奥村自身の心が歌のうちに遊びを得たような、少しずつの遊戯の雰囲気を帯び始めたのであった。ただ、この歌集が出た時点では、私はこれまでの奥村の歌と比べてインパクトは然程無い歌のように思えた。今回の百十首で追って行ったなかで、漸く目に止まった次第。即ち五句の構成のどこに格別な負荷をかけていない造りの歌というか。最早歌のキモである「曇天を」のくだりも、歌全体の「流れ／叙述のフロー」に資する形で働いている。何かが変わった。

92　わが暮らし支えてくれる年金がわれのパトロン、歌詠むわれの『八十一の春』

歌人の、それもベテラン、大ベテランの歌人の懐事情というものをその歌から知ることは多くない。歌詠み、乃至芸術家全般として「パトロン（支援者）」というものが居て、暮らしが成り立ってきたというのが、歴史の常であるという、奥村の持論である。例えば、小沢蘆庵を見よ、弟子からの支援で生きながらえた、またルネサンスの芸術家たちを見よ、と。しかし、そうした構図も変わりつつあるのか、これを書いている令和五年においては空前の「短歌ブーム」なるものが起こっている。一万部を越える売上げのある作家も出てきた。売れっ子である彼らのパトロン、依って立つところもまた、出版社等ある訳だが、それはパトロンとは言わないだろうか、その昔と比べると随分と忙しない事情ではある。この一首、とにかく「わが」「われの」「われの」とわれ、われ、われが強調された形となっている。しかし、不思議とこれまでの奥村短歌のような、妙な押しの強さまでは感じない。文体の堅さ・それとともにごり押しの強さが引いた感を受ける。同時に、すっと読みやすく、読者にかける負担はますます少なくなり、面白すぎないおもしろさが伴って、そう、ある意味では「白飯のような歌」というか。

われ、おれがおれがというくだりで、ふと思い出したのが越後の良寛。この人は自分の身の周りの品に「おれがの」「ほんにおれがの」と書いた紙をつけていたそうだ。もっともこれはエゴの発露というより、良寛があまりにものを忘れる為に、人からの勧めでそうされていたそうだ。奥村八十一歳の「わが」「われの」「われの」は、（恐らくは）必死であるのだろうが、どこかくすっとさせられるものも含んでいる。

93　ヒトだって勝手に渡って来たわけで固有種のみに守らんとしても

『八十一の春』

「小笠原父島」連作のうちの一首、前の一首に、

なぜ小笠原か、なぜ欧米系か、写真家の夏目葉月が魅かれる理由

とあるから、小笠原父島における、人種の混淆についてこの歌も詠まれたのであろう。であるが、一首独立して読むと、この国の成り立ちというか、そのかみの、渡来系との関わり、そこから幾千年経っての国の在りようを思わせて、存外に深い一首となっている。「固有種」という言葉もまた、効いているのだろう。そして、この国にも、どの国にも、今後は様々な人、人種が訪れていく。そして混淆も又、自然なこととして起こっていく。その是非を問うても、そもそもがそういうもんなんだよ、と奥村は詠む。この、妙に壮大な「どんでん返し」というものも、ただごと、直に述べる、ころのうたそのものではないか。結句の「も」である。固有種のみに固まり、そこを固持しようとするとどうなるのか、自然の流れに棹差すことになりやしないだろうか。その「も」なのであろう。

そう言っているうちに、コロナ禍があり、ウクライナの問題が起きた。奥村は、多くのウクライナ詠について、NOと詠んでいる。その一首も、今後の歌集に収められていくであろうから、引用はせずに置くが、国家という、まさに近代的な代物を、いかに捉え、そこを乗り越えていくのかということに、昨今の奥村の意識・時事詠などはなっている。

94　平成の三十年かけ、やっとこさ〈気付きの奥村短歌〉は成りぬ

『八十一の春』

この歌集の巻末に収載された「平成じぶん歌」のなかから、終りの、そして巻末歌を挙げる。これらの歌は『平成じぶん歌―八十九歌人、「三十一年」をうたう』(短歌研究ムック)に収められたものが基となっている。思えば、奥村短歌といい、現代ただごと歌といい、そしてこの「気付きの奥村短歌」といい。様々に呼び名を替えて来た印象が濃いが、ここへ来て、奥村の歌は更に純直に、そして大きな感動というより、些事を丁寧に、細やかに捉えていく詩の質が現れて来るようになった。そして、新かなによる表現法、大きく口語に寄りながらも、しっかりとした歌の形を保ったそれは、まさしく「奥村の歌」としか言いようの無いものになっている。一首の特徴として「、」「口語表現」「括弧書き」などあるが、それもこの現在の短歌シーンにおいては、さして目立つものではなくなっている。あと残るものはなにか。奥村自身は忘れてしまったかもしれないが、奥村は以前「余情《よじょう》」というものを一首の味わいとして表現していたことがある。例えばこの歌は、歌としてごく当たり前のことを当たり前のように捉えているけれど、余情がある。こうなって来ると、最早主観的な読みにも、「迎えて、読む」悪手のようにも思えるのだが、しかしながら、次の『象の眼』はまさしく、気付きと余情の歌集に

なっていると私は思える。いわば「超後期奥村短歌」の時期なのか。

95 〈象の眼〉と妻が言いたり〈象の眼〉は疲れ切ったる時のわれの眼　『象の眼』

ここから第十八歌集『象の眼』（六花書林）に移る。二〇一九年七月から二〇二二年三月までの、五九八首を収める、とある。長大な歌集であり、内容はしかし、奥村の興味の赴くままに多彩だ。ここへ来て、言葉の流れはよりスムーズなものとなり、以前ほどの力技や、「面白（過ぎる）歌」というものは、修練された叙述の歌に収められた。この歌集に至って、私は現代の短歌の潮流というものを思う。ここではとりたてて挙げないが、口語短歌の隆盛とそれは機を一にしているように見受けられる。表現はより順直に、言葉の流れも無理もなし。ただごと歌は、では「ただの歌」になったのだろうか。そうではあるまい、と私は思う。この一首、シンプルなリフレイン構造から成っている。「疲れ切ったる」という語の運びも、今時珍しいものではない。しかしこの「風通しのよさ」は何だろうと思う。歌集のなかにずっと流れている「風」を感じつつ（でも、長い歌集だとも感じつつ）面白さというものを説明しかねる自分も居る。読み手の自分語りを自由に引き出す「何か」。一首一首の言いたいことははっきりと、読み手が思い思いに手前勝手に想像を駆使される。「なんか、刺激される」という。メタだと言えばそうなのかもしれず。しかし、なにかしら、この一首、「叙述の芯」というものからはブレない。

96　親はどこに行ったのだろう三匹の子猫終日路地におりたり　『象の眼』

奥村の歌に犬の歌は多いが、猫の歌は珍しい。近年になり、猫、ノラ猫の歌を詠むようになった。これはその一首、気づきというか、途方に暮れたような投げ出し方をしている。そう、この歌集の風通しのよさには、何らかの「投げ出した感じ」が伴う。歌としての工夫が足らぬとかいう意味では無しに。人為では、人の業ではどうしようもないところ、そこに至るような、途方の暮れ方をする。或いは、若き頃の奥村なら、下の句以降のところで一首作ったかもしれない。叙述の力を、描写でもって力を込めて。この上の句のフレーズは無かった。無論歌のフォルムは固まっているものの、より自由に、よりフラットさはありつつ、なにかが「漏れ出ているような」佇まいだ。技巧的な冴えは、ここではより、後方に退いてしまっている。妙な力の抜け方がある。この変化というものは、より、歌の骨格と肉付きに出たものだ。無意識的な、日々何首と歌をこしらえてきた、何万回もの「手つき」から生み出されたもの。叙述の歌に、一筋に打ち込んできたその、芯のブレなさが、遊び、漏れ、それを容れている。「型の錬磨」が生み出したものと言えるだろう。しかし名人といった、高尚なところに居るわけでもなく、平俗・恬淡としている。一つの落ち着きに、奥村短歌は至ったのだ。

97　ぬばたまの夜が明けぬれば今日もまたウィズコロナで工夫の暮らし

『象の眼』

歌集あとがきに「たまたま、新型コロナウイルスのパンデミックの始まりから今日に至るまでの、我が暮らしの中での詠嘆であり、おのずからコロナ禍歌集となった。」とあり、その、モニュメントとなる一首ではある。奥村のコロナ観をよく示しているのは、

ヒトわれら到底出来ぬ変革を推し進めてるウイルス達が

これはもう産業革命かも知れずコロナ推進の機器の進化は

また一方で、コロナにより、取り戻された、東京の自然、特に空の美しさを詠んでいる。

朝明けの東京の空真っ青だコロナウイルスが清めてくれた

自ら高齢者であるコロナへの怖れも率直に詠まれていて、それらから生活が立ち上がってくる。掲載歌は些か自嘲気味でもあるか。ただ、そこに若干の明るさが差しそめている。もう我々はこのウイルスと共に生きていく、共存せざるを得ないのだという姿勢。このなんとも奇妙な、だが人類を圧するなにかを感じ取ったが故の、奥村短歌の変化でもあったのだろうか。力の抜け具合と、自らより大きなものに対峙した折のどうしようもなさというか。一言でいえば、この歌集の奥村の「情《こころ》」のベクトルは内を向いている。これまでの観察―外向きの奥村短歌と比べて、そこが、質の違いを生み出し、更には現代ただごと歌の、文体込みの熟成期間をも生んだのだとしたら、コロナの影響というのはまさしく大きい。

98　パンデミックに空取り戻す東京の青い青い空大き白雲《しらくも》　『象の眼』

風通しの良さ、叙述の芯、内向的と『象の眼』に至った歌の変化をここまで述べて来た。実際勤め人として忙しかった身として、掲載歌にある感慨は私には余り無い。だが、奥村は空をじっと、毎日凝視していたのだろう。空の青さに、どこか故郷の空を重ねる感慨もあるのかもしれぬ。私が感受するのは歌の形で堂々と、「おおきしらくも」という音の配置。得意のリフレイン構造でありつつ、自己顕示といったものからは恐らく遠い。次第次第に批評の語を吸っていく何かを、私はこの一首からも感じる。この歌集の収録歌数の多さというものも、宜なるかな。一首一首の造りはよりライトで、内向的に熟している。ぽんぽんとそれを読んで行くと、自ずから叙述の歌の佳さというものが沁みていくようだ。だが、奥村という個人・個性の面白さ、人間の可笑しさ、哀しさまでも刻印されている。この軽さ、明るさ。時事詠で怒りのモードの折までも、そこには何か、これまでと異なる風合がある、試しに挙げてみると、

もはや正義が通らぬ政治・政権と成り果てにけり師走十五日

理不尽の虐殺続くミャンマーを見ているだけだキミもワタシも

何かを「手放して」行かねばならず。では何が一体「残る」のか。一つずつ、荷を降ろしながら。私は奥村の動向を見ている。

99　草はらに新聞敷いて腰下ろし持参のパン食うわれの昼食　『象の眼』

コロナ禍のうちでも、内に籠ってばかりも居られず、又歌の材料を得るためにも、奥村は外に出る。飲食店にも寄らず、すると公園等、草原に新聞敷いてということ。このシンプルさを

シンプルなままに提示している。ここには何の驚異も、無い。表現もまことに順直、パンも、何のパンだか分からず、ただ「パン」とのみある。ここにあるのは、さて、侘しさか豊かさなのか、恐らくない交ぜの何かだ。しかしそれをあくまで「述べる」叙述の歌、ただごとに徹してきた奥村のその、佇まいが見えてくる一首。そう思って読む、すると奥村を知るものとしては、奥村が草はらに座ってパンを食べている光景が見えてくるのだ。私は訝しむ、それはあまりに奥村を見知っている身からする、歌の味わい方ではないか。この順直な、あまりに純なかたちの歌を読んでいると、批評というものの提示すらままならぬ。投げやりですらない。ふと思うと結句「われの昼食」というのが、キモなのだろうということ。他ならぬ、私の昼食なのだという。この「われ」という、些かの自恃のようなもの。叙述のなかにふと浮き出てくる「われ」。武士は食わねど、いや、パンは食っているのだが、つましさが中に何かふと、人として大切な何かが秘められているような錯覚に陥る。

100　千羽居た水鳥のまだ四、五十が午後の水面《みなも》に寄りつつ憩う　『象の眼』

巻末歌「三月尽日、浮間ヶ池」とある。千羽というのは、誇張の表現だが、実景を重んずる奥村故、その誇張も抑えたものと受ける。数詞の力というもの、ふとわたしは〈鶏頭の十四五本もありぬべし〉（正岡子規）といったものを据えてみる。この歌の味わい、余剰をそぎ落とした感、誇張の「千」から「四、五十」という、そこに締まっていく感じ。その締まった叙述・描写のちからが下句にも及んでいる。それが「つつ」に現れているだろう。「憩う」というのは、ここへ来て水鳥への心寄せでもあるが、そのままその「場」に流れた、情《こころ》の流れの写し取りでもある。ここが「憩う」でなく、描写のままに徹したら、恐らくこの歌の風合は出てこない。この一点の、失錯とも取れぬ、蛇足とも取れない、ここに奥村の「現在」があると見て取れないか。即ち、奥村が一時しきりに用いた「余情」という語とともに。つまり、あくまで人間の匂いを残している。それは、随分と微かに、主張を抑えた、ひそやかな声のようなもの。憩うと詠みながら、些かの緊張も込めた静謐なそれ。自然の景を前に、典雅でもなく、雄弁でもない。ただ実直な、ひとりの人間の生がそこ（水面に）映し出されている。

『蜘蛛の歌』

101 〈ふんいき〉が〈あともすふぇあ〉であるならば〈あともすふぇあ〉に〈ふんいき〉がある

これより奥村本人が「最終歌集」と銘打つ最新歌集『蜘蛛の歌』（六花書林）に入る。「あとがき」に「昨年の初夏から本年の初秋に至る一年五ケ月の作品を対象として」とある。本年とは、二〇二三年。

そこでこの一首。一首の構造としてはリフレインの構造、〈ふんいき〉〈あともすふぇあ〉〈あともすふぇあ〉〈ふんいき〉と語順が入れ替わり並ぶ。あともすふぇあ、とは「atmosphere」の事だろう。即ち始めの〈ふんいき〉は「語（atmosphere）の訳語」、後の〈ふんいき〉は「雰囲気という語、の意味＝その場を満たしている空気」を示していると取れる。

よく分からぬのが「あるならば」の語で、ここに来て読者は多少の目くらましを得る。繰り返し読んでいるうちに、〈　〉〈　〉〈　〉〈　〉という、容れ物、容器だけが見えてくる。奥村流の構造主義とでもいうか。同時にナンセンスとも。

これはやや「迎え読み」になるが、この一首は、どことなく現代の短歌、難解なようでいて、〈あともすふぇあ〉のように移ろっている歌、そうした歌に対しての奥村の感慨のような気さえする。〈あともすふぇあ〉にぴたりとくる何かがあるのなら、〈あともすふぇあ〉それ自体もまた、何か＝サムシングたるのだろうという。

ともあれ、前歌集『象の眼』で得られた、しなやか文体を駆使して、この不思議な一首が成り立っている事にも、注目したい。

102 論作両輪を努めてきたが結局は歌だな歌だ歌人は歌だ　『蜘蛛の歌』

奥村のよく詠む、「歌についての歌」。それも終局を得たのか。ここに来て、歌人は歌で名を立てるものという。しかし、奥村は「現代ただごと歌」のパイオニアとして、自らの歌の価値を、自らの論で試し、証明していく必要があった。そして、奥村は自らの論により又、己をアジテートしていく。「努めてきた」のではなく、まさに、奥村晃作という、個人の性《さが》として、論作両輪の道を選んで来た、私はそう思う。

「結局は」というのも、奥村短歌のなかで印象の強いフレーズだ。例えば前出の、

どこまでが空かと思い　結局は　地上スレスレまで空である　『キケンの水位』

このフレーズが出る時の奥村は、いわば「極論」に出る。歌人は歌だ、確かにそう、でもそんなにオートマティックに行くようなものか。名だたる歌人のなかでも、論作両輪の人も多い。論というものを評論に限らず、もう少しくだけたものまで含めれば、結構な数になるのではないか。大体、奥村のいう、大歌人茂吉にしたって、両輪の人ではなかったか。

これは「焦慮の歌」或いは自らをアジテートしていく歌とも読める。もう一つの効果として、私はここからは歌に専念していきますよ、心して読むように、という、存外したたかな面も感じられる。一言でいえば「大袈裟」であり、「それは言わんでも」と、いつもながらの感想が

湧いて出てくるが、これを「最終歌集」で詠むというのが、奥村らしい。

103　常はおおむね黙っているが必要な時にニャーゴと鋭く鳴けり　『蜘蛛の歌』

この一首にしてもそうだが、『蜘蛛の歌』には、定型ピタリという歌は少ない。それよりも、より、話し言葉に近く、自然な語り口調を目指したものと取れる。歌の言葉の流れは、それ故、スムースで淀みない。大見得を切るような、それまでのぎくしゃくとした奥村の歌の角が取れた。これをどう見るか。

ここでふと、小沢蘆庵の「あしかび」序文に触れてみる。以下引用。

歌は、この国のおのづからなる道なれば、よまんずるやう、かしこからんともおもはず、けだかゝらんとも思はず、面白からんとも、やさしからんとも、珍しからんとも、すべて求めず思はず、たゞいま思へる事を、わがいはるゝ詞をもて、ことわりの聞ゆるやうにいひいづる、これを歌とはいふなり。

特に、後段にいう「ただいま思へる事」「詞」「ことわり」といった辺りが重要で、蘆庵の論に沿ってみても、奥村が「文語旧かな」→「文語新かな」に移り、更に口語短歌への接近を図ったのは「理に適った」事であったと言える。
斯くして残った問題は、この一首に「ことわり」というものが見えて来るかということだが、そこは難しい。「必要な時に」という、奥村個人の主観がそこには挿まれているからだろう。初句「常は」等、こうした「決めつけ」が所々現れている点、この自らの「性」を矯める事なく、述べ、詠み下すことで、ゆったりとした一首となった。

104　蟻と蚊はずっと居たけどコロナゆえに大気が澄みて蜘蛛が戻り来《く》　『蜘蛛の歌』

歌集名にもなっている「蜘蛛の歌」一連から。一連は次の歌から始まる。

　我が庭に蜘蛛が巣作り棲み付くは十年振りかコロナのお蔭

また、その前の一連では、

　コロナウイルスのお蔭か庭に生きものの蜘蛛が戻って大き巣作る
　コロナウイルスのお蔭で東京の秋の空とことん澄みて浮かぶ白雲

とある。コロナウイルスの蔓延により、ひとが移動というものを慎んだ結果、大気が澄み渡り、いわば「浄化」されたのだと。「お蔭か」→「お蔭で」と、次第に確信に至るプロセス、そこを又叙述で追っていく。これも奥村の連作によく見られる傾向ではある。

掲載歌でユーモラスなのは、蜘蛛がどこか「別格」扱いなのに対して、「蟻と蚊は」というくだり。蟻と蚊は大気が澄んだこととの恩恵とはあまり関連が無さそうだと奥村は見ている。そして「庭に」「我が庭に」「戻って来た」蜘蛛という、老いの暮らしのなかに訪れた、この微細な来訪者を、ここまでに喜ぶところに、どこか哀感も滲ませる。

歌の形としてはしかし、実にすっきりとまとまっている。「コロナゆえに」の「ゆえに」は歌が理屈めく傾向にあるが、奥村のこの一首に関していうと、さして五月蠅く感じられない。三句六音というのも、微妙に効いている。

105
黄《き》の花が咲くまで何の花なのか分からなかったセイタカアワダチソウ

『蜘蛛の歌』

ここ数年の奥村の日常、それは歌の日々、カルチャースクールでの講義、又囲碁の集まりの他は、毎日の散歩であり、そこで撮影した写真をＳＮＳで届けている。誠にその好奇心の強さというか、細かに取材する姿勢に、こちらは驚かされる。

そのなかで、奥村が殊に好む草花のなかに、セイタカアワダチソウがある。いわば「雑草」の類、多くの人が振り向くことの無かろうこの草花に、奥村は着目する。

丈高く茎太く巨《おお》き荒草のセイタカアワダチソウが群れなして立つ

黄の花が咲けば目立ちて線路沿いにセイタカアワダチソウ群れて咲く見ゆ

この二首の間に、掲載歌があり、目立たぬ歌だが、ここでの「脱力」には、これまでの奥村の、投げ出すような感慨とは、また異なる風合を感じる。「分らなかった」という事、そして分かる、知るという事への、老いて尚、微妙にビビッと来るような驚き。

それはかつての「気づき・認識」の歌を掲揚していた、奥村の姿とはまた、異なるような、脱力感も伴うそれ。そしてこの一首、私は「叙述の歌の美」というものを感じる。

106　長い長い模索の果てに富士の絵と面構《つらがまえ》の絵を球子物にす　『蜘蛛の歌』

連作「片岡球子の「面構」展　そごう美術館」中の一首。日本画家、片岡球子の生涯。一〇三歳まで球子は生きた。師からの「破門」、初期は「ゲテモノ」とも言われたこともあった。彼女の代名詞となる、富士の絵を描き始めたのは五十歳以降、六十一歳で歴史上の人物を描いた「面構」シリーズを始める。
まさにこの一首の「長い長い模索の果てに」であり、そこには奥村自身の「奥村も」の気持が込められているだろう。奥村も又「ゲテモノ」とまでは揶揄されぬものの、怪異な歌、奇妙な歌を詠む歌人として、これまでも（そして今も）位置せしめられている一面もある。そう、幾つも、は必要ない。生涯になにか一つでも「物にす」これがあればいい。奥村の、この一首は人間賛歌のような、慶びをも抱えている。それは甘いだけではない、苦い・酸っぱい、しょっぱいものでもあるだろう。一体、何時「物にす」と言える瞬間が、人には訪れるのだろうか。球子本人は、いいえまだまだ、とその生涯を終えられたものと私は思うし、そこが又、素晴らしいのだ。

107　高千穂詠と昭和十五年の歌で編む『のぼり路』は良し我が推しの集

『蜘蛛の歌』

『蜘蛛の歌』を「最終歌集」とするに当たっての、明確な根拠は分からないが、奥村が「最終歌集」として、先ず念頭に置いているのが、茂吉『白き山』白秋『黒檜』いずれも生年において出された最後の歌集。『蜘蛛の歌』には以下のような歌も収められている。

『白き山』『黒檜』に匹敵せざるともその裾野ほどなる歌集編みたし

奥村晃作の「現代ただごと歌」そのベースとなるのは、万葉・古今・新古今等の和歌、特に近世和歌の素養もあるが、近代以降の短歌でいえば「アララギ」と「新詩社系」との相互作用、その間を正反合と、弁証法的に逍遥を重ねることによって、両者の特徴を吸収、それを奥村個人の特性とも加味して熟成させた事に依る。なかでも、茂吉と白秋というのは、奥村にとっての巨大なる（奥村ならずとも、であるが）目標、それで在り続けた。

奥村を中心とした勉強会にて、茂吉・白秋は繰り返し採り上げられ、特に歌集ベースでの読みが重ねられた。

そこで、『白き山』への思い入れは無論、であるが、ちょっと横道に逸れて「我が推しの集」を採り上げている、この一首を挙げたい。高千穂詠については、前の一首で、

十日余の旅にて二〇〇の歌詠んだ茂吉の高千穂詠の歌良し

といわば、その集中の度合・クオリティに驚嘆しているのであった。ちなみに昭和十五年の歌について、私たちの勉強会では、奥村は次のような歌を挙げていたと記憶している。

空撃《くうげき》を免れむとして移動するミロのヴェヌスより我眼放たず　『のぼり路』

書《ふみ》のうへ畳《たたみ》のすみにかくのごと積《つも》れる塵《ちり》をわれは悪《にく》まむ　同

又、この『蜘蛛の歌』では茂吉の生涯を辿る二度の旅行詠、一度は金瓶、二度目は大石田へ

のそれが収められている。それぞれの旅より、二首ずつほど挙げておく。

佐原隆応和尚に就きて学びたる少年茂吉想う比翼の墓に　「金瓶の歌」

金瓶の村の畦地に立ちて見る茂吉が歌に詠みし蔵王を　同

元禄の芭蕉に負けじと最上川繰り返し詠みし茂吉ならずや　「大石田の歌」

最上川詠みし不朽の作いくつ就中《なかんずく》「逆白波」「虹の断片」　同

108 炎天下赤き小花の群れ咲けるゼラニウムは母の好きだった花　『蜘蛛の歌』

奥村の草木の歌、それが頻出しだしたのは後期歌集から。初期中期は草木といっても、メジャーなもの、桜や梅といったものに眼が行っていた。実際に散歩の習慣（それは足腰の維持の為でもあるが）を得てから、その取材する草木の種類、そこから生まれる歌も多岐にわたるようになる。

ここでは、「母」がさりげなく登場するが、歌の大半はゼラニウムの花の描写に割いている。この一首、表記の隙の無さ、叙述の美しさというものが遺憾なく発揮されていて、私は奥村の草木詠のなかでも、目立たぬ歌だが、佳品ではないかと思う。「炎天下……群れ咲ける」までの緊密な叙述、詠み下しに対して「ゼラニウムは母の」と四句を「ほんのすこし」たるませた辺り。ゼラニウムの、濃い赤い花。そこに奥村の、これまでの「母の歌」を重ねてみたりもする。私のイメージする奥村の母というのは、激しさも秘めたひとのように思われた。

たらちねの母の気迫のすさまじく長男晃作無視するなと宣《の》る　『蟻ん子とガリバー』

「生キテテモ価値ナイ自分、ムリ死《ジニ》モ出来ナイシ」ああ母の口癖　『キケンの水位』

母は　砂払温泉《すなはらいおんせん》の娘《むすめ》なりき父に見初められ嫁《か》したりき母は　『蜘蛛の歌』

109

選ばれてサラワレテユク善き人が何故とつぜんにサラッテクノカ　『蜘蛛の歌』

「癌死」一連から。手前の歌にはこうある。

世の無常、不条理思う癌死せしHをAをSをし悼む

この一首では「無常」であり「不条理」であるとの、奥村の理解であったが、掲載歌においては、「選ばれて」そう、彼らは選ばれた人たちであったと「針が振れる」。

この表記、カナ文字は何であろうか。それは「人為」を超えたもの、見えざる神の手のよう

なものだろうか。一歩踏み出ると、奥村がここで直面しているのは、「ことわり」の世界であるといっても良い。現代ただごと歌の開祖である奥村がここで、改めてただごと歌の始祖である蘆庵「ことわり」の世界とのリンク、直面を為している。

それは一つの、哀歓とは容易に為し得ないような、これまで以上に奥村の歌が透けて見えるような手触りを生んでいる。サレンダーしてみて始めて、その代償として、人は貴重な気づきを得るのではなかろうか。

110 今迄と何かが違う何だろう最終歌集を編まんと思う

『蜘蛛の歌』

奥村ただごと歌（現代ただごと歌）の理論の核として、それは「情《こころ》の歌」であることは既に何度も述べた。そしてその「情」というもの、それは形容のしがたいものなのだ。この一首、ギリギリのところで奥村は自らのこころの動きを見つめ、しかし「形容」しようとはしない。「何か」「何だろう」と叙述する。

奥村の歌が「気づき・認識の歌」であるというのは、そうした「情を形容しない」ということと表裏一体を成している。いわば「発火」の地点に居る。そこから平べったく、叙述をしていくことで、俯瞰的視点、メタに近づくようにも見える。だが、それは醒めきったものならず、発火の熱を保つもの。

この「情の動き」について、奥村は「最終歌集を読んで欲しい、そこにそれは表わされている（筈だ）」と。そして、この歌集は以下の一首でその幕を閉じる。

『白き山』『黒檜』は最終歌集なり自らが編んだ最後の歌集閉じるのではあるが、それは又、ループして還るものでもある。その仕込みをして、最終歌集『蜘蛛の歌』が、いわば易の「火水未済」のように、残った。

百十首一覧

1　くろがねに光れる胸の厚くして鏡の中のわれを憎めり　『三齢幼虫』

2　ラッシュアワー終りし駅のホームにて黄なる丸薬踏まれずにある　『三齢幼虫』

3　抑へても抑へても激つ火の海を裡に抱へて生活者われ　『三齢幼虫』

4　縄跳びを教へんと子等を集め来て最も高く跳びをり妻が　『三齢幼虫』

5　次々に走り過ぎ行く自動車の運転する人みな前を向く　『三齢幼虫』

6　掌《て》の芯にずしりとひびく軟球を手に持ちかへて子に投げ返す　『鬱と空』

7　ヤクルトのプラスチックの容器ゆゑ水にまじらず海面《うなも》をゆくか　『鬱と空』

8　舟虫の無数の足が一斉にうごきて舟虫のからだを運ぶ　『鬱と空』

9　真面目過ぎる「過ぎる」部分が駄目ならむ真面目自体《そのもの》はそれで佳しとして　『鬱と空』

10　フラミンゴ一本の脚で佇ちてをり一本の脚は腹に埋めて　『鬱と空』

11　地響《ぢひびき》を上げつつデモの河が行く広き車道の半ばを占めて　『鬱と空』
12　中年のハゲの男が立ち上がり大太鼓打つ体力で打つ　『鬱と空』
13　豚の骨忽ち砕く鋭き歯もてわが手の甲を軽く嚙む犬　『鬱と空』
14　犬はいつもはつらつとしてよろこびにからだふるはす凄き生きもの　『鴇色の足』
15　大男といふべきわれが甥姪《をひめひ》と同じ千円の鰻丼《うなどん》を待つ　『鴇色の足』
16　ボールペンはミツビシがよくミツビシのボールペン買ひに文具店に行く　『鴇色の足』
17　不思議なり千の音符のただ一つ弾きちがへてもへんな音がす　『鴇色の足』
18　撮影の少女は胸をきつく締め布《ぬの》から乳の一部はみ出る　『鴇色の足』
19　人格を包む胡桃《くるみ》の堅き殻その外側の心ぞ病める　『鴇色の足』
20　然ういへば今年はぶだう食はなんだくだものを食ふひまはなかつた　『鴇色の足』
21　梅の木を梅と名付けし人ありてうたがはず誰も梅の木と見る　『父さんのうた』
22　オリーブの樹が動き畑《はたけ》の土動き画面全体が動くゴッホの絵　『父さんのうた』
23　さんざんに踏まれて平たき吸殻が路上に在りてわれも踏みたり　『父さんのうた』
24　運転手一人の判断でバスはいま追越車線に入りて行くなり　『父さんのうた』

25 脳血栓の御血《おんち》の跡が黒く染む宮先生の頭骨内壁《づこつないへき》　『父さんのうた』

26 一回のオシッコに甕《かめ》一杯の水流す水洗便所オソロシ　『父さんのうた』

27 端的に言ふなら犬はぬかるみの水を飲みわれはその水を飲まぬ　『父さんのうた』

28 水さへも飲まずにわれを見つめゐしプッキーは別れを告げてゐたのだ　『父さんのうた』

29 結局は傘は傘にて傘以上の傘はいまだに発明されず　『父さんのうた』

30 五十二歳《ごじふに》のわれ老いにけり歯《は》・魔羅《まら》・眼《め》の衰へ著くわれ老いにけり　『父さんのうた』

31 安定し宙《そら》の高処《たかど》に在る凧の糸引くと見れば欅の秀枝《ほつえ》より　『蟻ん子とガリバー』

32 オホーツクのカモメは船に寄って来てわが手の菓子を嘴《はし》にくはへつ　『蟻ん子とガリバー』

33 轢《ひ》かるると見えしわが影自動車の車体に窓に立ち上がりたり　『蟻ん子とガリバー』

34 われの血を吸ふべく執拗にまとひ付く蚊を何度目かに叩き潰しぬ　『蟻ん子とガリバー』

35 八十を超えると体がホンニナア弱ルニと言ひし父を記憶す　『蟻ん子とガリバー』

36 「賀春」「賀正」数々あれど結局は常に決する「謹賀新年」　『蟻ん子とガリバー』

37 髪の毛はおのづと好む曲《くせ》もちて梳《す》けど解《と》かせど肯《がへ》んじはせぬ　『蟻ん子とガリバー』

38 うまい順に食ふのかそれとも逆順に食ふのか象のエサの食ひざま　『都市空間』

39 「ロッカーを蹴るなら人の顔蹴れ」と生徒にさとす「ロッカーは蹴るな」 『都市空間』

40 一切のマニュアルはなしはからひなし一期一会に生くるか子らも 『都市空間』

41 ティンパニー叩く男は打つとすぐ手もて音消す鼓皮《こひ》を抑へて 『都市空間』

42 せつなくてちゃぶ台投げて怒りたる父を記憶す人は打たざりき 『都市空間』

43 タラバガニ白肉ムシムシ腹一杯食べて手を拭きわれにかへりぬ 『都市空間』

44 たまり漬のホタルイカつるり一口に飲み込んでうまいだが気味わるい 『都市空間』

45 かの戦争は何であったか東寨の村人よ柊二よ我等なぜに来た 『都市空間』

46 居ても居なくてもいい人間は居なくてはならないのだと一喝したり 『男の眼』

47 大地震予知出来たとてその日その時全員どこにおれと言うのか 『男の眼』

48 〈イチロー〉がもし〈一郎〉であったならあんな大打者になれたであろうか 『男の眼』

49 落着いてふるまう人の後に付きオレは座席に座れなんだわ 『男の眼』

50 蓋きつく閉ずる二枚貝包丁の刃で切り入れて身を抉《えぐ》り取る 『ピシリと決まる』

51 〝激辛〟の上に〝超激辛〟ありて「止めたがいい」と店の人言う 『ピシリと決まる』

52 転倒の瞬間ダメかと思ったが打つべき箇所を打って立ち上がる 『ピシリと決まる』

53 接近し　まごうことなき旅客機がビルの胸部に激突したり　『キケンの水位』

54 それはもうかないっこないわ　かないっこない〈走り〉は幼稚園の子にかなわない　『キケンの水位』

55 どこまでが空かと思い　結局は　地上スレスレまで空である　『キケンの水位』

56 釜の蓋取りて白飯《しらいい》炊ける見て「うれしいなあ」と弟の声　『キケンの水位』

57 わが歌はスーパーリアリズム平べたい言葉をつづるのみのわが歌　『キケンの水位』

58 フセインと生年が近いオクムラはフセインを見るオクムラの眼で　『スキーは板に乗ってるだけで』

59 スノボーのガガガガガのガガ滑り危うくわれは接触を避《よ》く　『スキーは板に乗ってるだけで』

60 花びらの数ほど人を集めるか上野の花は七、八分咲き　『スキーは板に乗ってるだけで』

61 赤い日が水平線に近付いて身を沈め行く下から徐々に　『スキーは板に乗ってるだけで』

62 理不尽の死とは思えど理不尽にあらざる死なぞあるはずはなく　『スキーは板に乗ってるだけで』

63 キクイモに寄り来る蝶のモンシロはモンシロ流の飛び方をする　『多く連作の歌』

64 吾《あ》が妻のダイエット食に付き合って夕めしは特殊ビスケット食う　『多く連作の歌』

65 義歯なれば〈よく噛む事〉はいけなくて〈義歯を労わり〉噛まねばならぬ　『多く連作の歌』

66 見目の良き白き桜の花びらがこぞりて笑めり見上ぐるわれに　『多く日常のうた』

67 怒りをば喉に抑えて地団駄を踏みたるのちはフッーに歩く　『多く日常のうた』

68 包丁で切りしキャベツの断面を嘴《はし》でつつきて雁金《かりがね》が食う　『多く日常のうた』

69 青草は生きているのに掌《て》に圧せば冷たしわれは腕立て伏せす　『青草』

70 あどけなき黒人少年マイケルが色白のマイケル・ジャクソンと成る　『青草』

71 砂に水染み入る如く読みたりき『イワンデニーソビッチの一日』　『青草』

72 沈む日が富士に食《は》まれて欠け行くを赤塚七丁目路上に見守《まも》る　『青草』

73 「ありがとう、奥村さん」がわが友の最後の言葉、病室に聴く　『青草』

74 閖上《ゆりあげ》の小《しょう》丘に立ち基礎のみが残る一面の平地《ひらち》見渡す　『造りの強い傘』

75 いわき市の湯本駅ちかき「海幸《かいこう》」の刺身の肉の旨さ忘れじ　『造りの強い傘』

76 小さな子、歩幅狭いが歩《ほ》の速く手つなぐ母に遅れずに行く 『造りの強い傘』

77 折り畳み傘で造りの強い傘拡げて差して吹雪く道を行く 『造りの強い傘』

78 生卵肉に掻き混ぜ紅ショウガ添えて吉野家の牛丼を食う 『造りの強い傘』

79 四十四歳同士の婚ぞ　甥っ子の初婚、晩婚、ラブラブの婚 『造りの強い傘』

80 煮込みたるカニ味噌おのず味が濃く和酒啜りてはカニ味噌食べる 『ビビッと動く』

81 なんとまあひょうしがわるいポロシャツの胸、背あべこべに街歩いてた 『ビビッと動く』

82 緑金の背美《せな》しきコガネムシ葉に載って食うヒメリンゴの葉を 『ビビッと動く』

83 安産と子育てを願う人等待つ手児奈霊神堂にわれも手合わす 『ビビッと動く』

84 スティックに切りしニンジン分け持ちて子らは腹ペコ山羊へと向かう 『ビビッと動く』

85 シロクマは白、エゾヒグマの体は黒、パンダは白に黒が混じれり 『八十の夏』

86 ヒメダカも死んでゆくのは大変で器《き》の底に寝てヒレを動かす 『八十の夏』

87 江戸川の岸辺に立ちて渾身の叫び繰返す女を見放く 『八十の夏』

88 自分なら投げるべき碁を投げないで最後まで打つ相手に負けた 『八十の夏』

89 クリアをしクリアし生きを継ぎ行けばあなたもじきに八十となる　『八十の夏』

90 正確に刻んだ結果十ミリの女人立像ジャコメッティの　『八十一の春』

91 大きな雲大きな雲と言うけれど曇天を大きな雲とは言わぬ　『八十一の春』

92 わが暮らし支えてくれる年金がわれのパトロン、歌詠むわれの　『八十一の春』

93 ヒトだって勝手に渡って来たわけで固有種のみに守らんとしても　『八十一の春』

94 平成の三十年かけ、やっとこさ〈気付きの奥村短歌〉は成りぬ　『八十一の春』

95 〈象の眼〉と妻が言いたり〈象の眼〉は疲れ切ったる時のわれの眼　『象の眼』

96 親はどこに行ったのだろう三匹の子猫終日路地におりたり　『象の眼』

97 ぬばたまの夜が明けぬれば今日もまたウィズコロナで工夫の暮らし　『象の眼』

98 パンデミックに空取り戻す東京の青い青い空大き白雲《しらくも》　『象の眼』

99 草はらに新聞敷いて腰下ろし持参のパン食うわれの昼食　『象の眼』

100 千羽居た水鳥のまだ四、五十が午後の水面《みなも》に寄りつつ憩う　『象の眼』

101 〈ふんいき〉が〈あともすふぇあ〉であるならば〈あともすふぇあ〉に〈ふんいき〉がある　『蜘蛛の歌』

102 論作両輪を努めてきたが結局は歌だな歌だ歌人は歌だ　『蜘蛛の歌』

103 常はおおむね黙っているが必要な時にニャーゴと鋭く鳴けり　『蜘蛛の歌』

104 蟻と蚊はずっと居たけどコロナゆえに大気が澄みて蜘蛛が戻り来《く》　『蜘蛛の歌』

105 黄《き》の花が咲くまで何の花なのか分からなかったセイタカアワダチソウ　『蜘蛛の歌』

106 長い長い模索の果てに富士の絵と面構《つらがまえ》の絵を球子物にす　『蜘蛛の歌』

107 高千穂詠と昭和十五年の歌で編む『のぼり路』は良し我が推しの集　『蜘蛛の歌』

108 炎天下赤き小花の群れ咲けるゼラニウムは母の好きだった花　『蜘蛛の歌』

109 選ばれてサラワレテユク善き人が何故とつぜんにサラッテクノカ　『蜘蛛の歌』

110 今迄と何かが違う何だろう最終歌集を編まんと思う　『蜘蛛の歌』

あとがき

第一歌集『茶色い瞳《め》』を二〇二二（令和四）年に上梓した後、当分本を書くことは無いだろうと思っていたが、師である奥村晃作の歌について書き溜めたものが、一首評の集まりとなり、「最終歌集」と銘打たれた『蜘蛛の歌』迄の百十首の評が形と成った。

この評論を出すに至ったのには、故人である田島邦彦氏の言葉が端緒としてあった。板橋歌話会の二次会の折、突如として『「奥村晃作の歌百首』を書くのは君だ、必ず書け」と強い口調で仰った。その頃の私はまだコスモス短歌会に入って間も無い頃で、到底成ることとは思っていなかったが、この評論を纏めるに当たって、変わらぬ師の励ましと氏の言葉とは常に私の心の内にあった。

装幀は真田幸治氏に、出版について六花書林の宇田川寛之氏に御力を賜った。遅筆の私を励起して頂いた事に深謝している。有り難う御座いました。

二〇二三年十二月

今井　聡

略歴

今井　聡（いまい　さとし）

一九七四年生れ。コスモス短歌会所属、さまよえる歌人の会、白の会に参加。
歌集『茶色い瞳《め》』（六花書林）

ただごと歌百十首

奥村晃作のうた

コスモス叢書第1234篇

2024年2月20日 初版発行

著 者――今井 聡

発行者――宇田川寛之

発行所――六花書林
〒170-0005
東京都豊島区南大塚3-24-10 マリノホームズ1A
電話 03-5949-6307
FAX 03-6912-7595

発売――開発社
〒103-0023
東京都中央区日本橋本町1-4-9 フォーラム日本橋8階
電話 03-5205-0211
FAX 03-5205-2516

印刷――相良整版印刷

製本――仲佐製本

ISBN978-4-910181-54-7 C0095